Awesome Party

어썸파티

Awesome Party
어썸파티

파티하는 여자, 박승아의 설레는 창업 이야기

박승아 지음

책읽는귀족

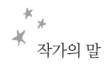

우리 모두의 '어썸파티'를 위하여

아이를 키우며 프리랜서로 활동하고 있을 때였다. 이벤트 업체를 운영하는 친척 언니에게서 전화 한 통이 왔다. 이번에 파티협회를 설립하려고 하는데, 협회 회원으로 가입할 생각이 있냐는 제안이었다. 미술 학과를 졸업한 친척 동생이 문득 생각나서 가볍게 걸려온 전화였다.

'파티? 도대체 무슨 일을 하는 거지?'

너무도 생소한 '파티'라는 단어를 검색한 뒤, 멋진 사진들에 푹 빠져 이 일을 꼭 해보고 싶다는 생각이 들었다. 통화한 지 10개월 만의 일이다.

한 집안의 가장이었던 남편은 10년간 다녔던 회사를 과감하게 그만두었다. 사업을 하게 될 거라고 상상도 못 했는데, 열정을 가득 채운 채 우리는 그렇게 파티사업을 시작했다.

'잘 안 되면 어떡하지?'

이런 생각은 한 번도 하지 않았던 거 같다. 준비하면서 마냥 즐거웠고 큰 꿈에 부풀어 있었기 때문이다. 광주에서 시작해서

5년 뒤엔 서울, 10년 뒤엔 외국에 회사를 설립할 수 있을 거 같은 자신감으로 시작했다. 사장, 실장, 팀장, 과장 등등 각자 원하는 직함을 골라 명함도 만들어 놓고 나니, 직장에 다닐 때 들고 다녔던 명함과는 다르게 우리가 직접 설립한 회사에 우리의 이름이 들어간 명함을 보면서 더욱 책임감이 들었다. 열심히 하다 보니 간이사업자에서 일반사업자로 갔고, 매출이 많아져 법인사업자까지 전환했다.

'성공'이라는 이름을 함께 새긴 고마운 분들

우연한 기회에 파티학과 학과장 자리로 가게 된 남편을 대신해서 대표이사 자리를 맡게 되었다. 그 후 남편을 따라 서울로 이사하게 되면서 서울에 본사를 설립했다. 사업을 처음 시작할 때 꿈꿔 왔던 일이 우연처럼 벌어졌다.

가족 사업으로 시작해서 직원이 8명 있는 중소기업으로 회사가 커졌다. 학교에서 아이들을 가르치면서도 옆에서 조력자 역할을 해주는 남편이 있었기에 가능한 일이었다. 또 언제나 친구처럼 매일 통화하며 회사에 대한 모든 일을 함께 고민해주며 들어주는 언니가 있어 가능했다.

평생 옆에 함께 있을 거라고 여겼던 딸이 서울로 훌쩍 올라와 버려 서운함이 많으셨던 친정 부모님. 그분들의 도움이 없었다면 아주 힘들었을지도 모른다. 매번 서울까지 올라오셔서 아이들을 돌봐주시고 힘을 주신 덕분이다.

고등학교 1학년이 된 딸아이가 몇 달 전, 미국으로 교환학생을 떠났다. 17년간 항상 같이 밥을 먹고, 같이 쇼핑을 하고, 같이 여행을 하며 늘 같이했는데 떠나고 나니 밀려오는 그리움은 때로는 감당할 수 없었다. 불쑥불쑥 보고 싶어져 눈물이 주르륵 흘렀다.

그런데 친정 부모님은 40년을 함께 해온 딸과 눈에 넣어도 아프지 않을 첫 손자, 손녀가 한꺼번에 가버렸으니 얼마나 힘드셨을지. 딸아이를 보내고 나니 그때 생각이 난다.

"그 마음도 헤아리지 못한 채 매정하게 올라와버려 죄송합니다."

하지만 지금은 누구보다 자랑스러워하시고 응원해주셔서 감사하다.

시골에서 농사를 지으시면서 4남매 대학까지 힘들게 다 보내신 시부모님. 손수 농사 지으신 감자, 고구마, 매실, 양파, 마늘, 사과, 감, 끝도 없다. 수확하시면 누구보다 먼저 한 상자 가득 택배로 보내주시는 마음, 듬뿍 받고 있다.

"자주 찾아뵙지 못해 죄송하고 언제나 감사합니다!"

한 번도 가보지 않은 길을 가기 위해서는

함께한 아기의 첫돌파티는 수천 회가 넘었다.
12년간 함께한 기업파티는 3,000회가 넘어간다.

하루에 3~4시간, 어느 날은 밤을 꼬박 새우는 적도 여러 번. 체력적으로 힘들었지만, 계획했던 대로 일이 마무리되었을 때 고객에게서 전해 듣는 감사의 인사 한마디에 다시 또 일어난다.

파티 현장은 항상 화려하고 아름답다. 하지만 완성되기까지, 그 아름다운 현장을 만들어내기까지는 정말 많은 사람의 땀과 에너지가 들어간다. 케이터링과 파티 관련 업체가 최근에는 많이 생겼지만, 관련 서적이 거의 없고 정보들도 많이 없다. 그러다 보니 비교도, 참고도 할 수 없어 '우리가 가고 있는 길이 과연 맞는 건가' 가끔 궁금할 때도 있었다. 한 번도 가보지 않은 길을 한 발자국씩 내디딜 때마다 '참고할 만한 서적이라도 있었으면 좋겠다'라는 생각을 여러 번 했다.

이 책에서는 파티 현장의 화려한 겉모습이 아닌 현장에서의 에피소드와 경험담을 담아보았다. 같은 길을 가고자 하는 분들 또는 사업을 시작하시는 분들에게 또 다른 비전과 꿈을 꾸는 데 도움이 되지 않을까 해서이다.

우리가 걸어왔던 길이 정답은 아니다.

수많은 길 중 하나일 뿐이다.

파티기업을 운영했던 경험을 바탕으로 다른 관점에서 해석하여 새로운 방식으로 풀어내기를 바라는 마음에서 글을 쓰기 시작했다.

서울에 본사를 설립한 지 1년도 안 되어서 매출이 5배 성장했다. 서울에서 10평도 안 되는 좁은 공간에서 시작해서 5년 만에 50평이 넘는 사옥의 꿈을 이루어냈다.

혼자서 했다면 분명 이루지 못했을 것이다.

열심히 최선을 다해 함께해준 어썸파티 직원들이 있었기에 가능한 일이었다.

모든 꿈은 생각하는 대로, 바라는 대로 이루어지기에 오늘도 새로운 꿈을 키워본다.

마지막으로 밝은 미래로 이끌어주시는 하느님께 감사하다.

그리고 인생의 '멋진 파티', 각자의 어썸파티를 준비하는 모든 이들에게 행운이 함께하기를 기원한다.

2021년 8월

파티하는 여자, 박승아

차례

PART 01

설렘! 그 시작,
'내 인생의 파티'

Awesome Party

'파티하는 여자', 박승아 _____ .

초등학교 교사이셨던 아버지는 손재주가 많으신 분이셨다. 독학으로 붓을 드시고 국전에도 출품하여 상도 타실 정도로 뛰어난 한국 화가이기도 하다. 아버지는 집에 계실 때는 언제나 그림을 그리셨다. 전시회도 여러 번 하셨으니 그림에 대한 애정이 대단하셨다. 주말에는 항상 우리와 같이 여행을 다니시며 연필과 붓을 놓지 않으셨다.

그래서일까? 언니와 난 집에 있는 날이면 도화지에 크레파스와 물감으로 그림을 그리며 노는 게 일상이 되었다. 아버지의 꿈은 딸들과 야외스케치 다니며 퇴직 후엔 미술학원을 같이 운영하는 거였다. 언니보다 조금 더 그림에 소질이 있었던 내가 자연스럽게 아버지와 함께 꿈을 향해 나아갈 딸로 선택되었다.

중학교 때는 방학 때마다 화실에 다녔다. 제법 멋진 결과물에 칭찬을 듣는 일이 많다 보니 자신감이 생겼다. 그렇게 나의 진로는 미술로 결정되었다.

예술고등학교를 졸업하고 미술대학에 진학했다. 회화과에서 한국화 전공을 선택하여 다른 동기들과 날밤을 새우며 출품도 하고, 선배들의 멋진 그림을 보며 작가의 꿈을 키워갔다. 난

작가가 될 거라며 마음속엔 이미 국전에서 대상을 받고 멋지게 외국 유학도 다녀와서 이름을 날리는 세계적인 작가가 되어 있었다.

졸업 후에도 작가 활동을 이어갈 나름 유망한 학생이라 생각했는데, 졸업하고 나서 다른 분야에 관심이 생겼다. 당시 같은 과를 졸업한 남편이 진로를 바꿔서, 인테리어 설계 디자이너를 거쳐 IT 회사에 다니고 있었던 영향도 컸다.

컴퓨터로 표현되는 그래픽 디자인이 너무도 매력적으로 다

1 친정아버지가 직접 그려주신 사군자(화조)를 배경으로 한 전통 돌상 스타일링.
2 친정아버지가 직접 붓글씨로 한 글자씩 써서 완성한 돌잡이상에 올려진 천자문.

유러피언 포토테이블 스타일링.

가왔다. 그 당시 국비로 지원해주는 컴퓨터학원에 등록해서 무료로 그래픽디자인과 3D 분야까지 배울 기회가 생겼다. 홈페이지도 제작하고 연필로 그린 캐릭터들을 컴퓨터로 옮겨 표현하는 작업이 얼마나 재미있던지 꿈이 픽사 애니메이션 디자이너로 바뀔 정도였다.

재미있게 배운 탓인지 운 좋게 다니고 있던 컴퓨터학원에서 9개월 정도 강사로도 활동할 수 있었다. 강사 경력 덕분에 그래픽디자이너로 취업도 쉽게 되었다.

그런데 회사에 입사한 지 3년 만에 프리랜서로 전향했다. 결혼과 출산이 겹쳤기 때문이다. 육아를 병행하며 캐릭터 디자인과 일러스트, 홈페이지 디자인 등 여러 분야에서 일이 들어왔다. 아버지의 그림을 컴퓨터그래픽으로 만들어 수입을 얻기도 했다.

광주에서 시작한 3명의 합작품

결혼한 지 4년 만에 둘째를 낳았다. 서울에서 오랫동안 이벤트업을 하고 있었던 친척 언니 덕분에 파티라는 분야를 접하게 되었다. 서울에서는 돌파티, 키즈파티, 웨딩파티가 홍행한 지 2~3년 되던 시기였다. 보면 볼수록 아름다운 사진들에 감탄을 멈추지 못했다.

광주는 서울과 문화적인 차이가 그 당시에는 5년 정도 나는 듯했다. 지금은 SRT 덕분에 1시간 30분이면 도착하는 거리이지만, 그 당시에는 최소 5시간에 차가 막히면 7~8시간이 기본이었다.

물품 또한 광주에서는 파는 곳이 거의 없었다. 수요가 없으니 공급 또한 이뤄지지 않았다. 접하지 못하니 알지 못하는 것은 당연하다. 지금처럼 SNS가 활발하지도 않았던 탓도 있다. 돌도 지나지 않은 아이를 놔두고 정보를 알아보러 다닐 수도 없었다. 회사에 다니고 있었던 남편이 월차를 내고 주말마다 시간을 내서 서울로 열심히 세미나를 들으며 정보를 모으기 시작했다.

언니는 회사에 다니면서 플라워 수업을 틈이 날 때마다 듣고 난 육아를 병행하며 디자인에 관련된 홈페이지, 상품구성, 현수막 디자인 등을 준비했다.

본격적으로 사무실을 구하고 사업을 시작해야겠다고 마음먹었을 때가 2009년 6월이었다. 남편은 10년째 다니던 회사를 그만두고 그동안 모아두었던 돈으로 보증금을 마련해 집 근처에 사무실을 구하고, 친정 엄마께서 빌려주신 1천만 원을 들고 하나둘씩 준비해나갔다.

그동안 주말마다 언니와 난 돌도 안 지난 둘째를 아기띠에 안고 5~6시간 거리의 서울을 매주 다녀왔다. 새벽 4시에 출발해서 고속터미널 꽃시장, 인테리어샵, 동대문, 남대문을 눈 감고도 다닐 정도로 열심히 다니기 시작했다.

천을 잘 못 사서 50만 원을 날리기도 하고, 꽃을 포장할 비닐 제작비에 덥석 40만 원을 들이기도 했다. 10년 전에 잘못 샀던 천과 포장 비닐이 아직도 사무실 한쪽에 자리 잡은 걸 보면 웃음이 난다.

남편과 언니와 나, 이렇게 3명의 합작품으로 만들어진 회사 이름이 프랑스어로 행복을 의미하는 '르보네르'였다. '르보네르'라는 이름으로 시작된 우리의 첫 회사, 첫 고객은 한 살 생일을 맞이한 공주님이었다.

'어썸'으로 홀로서기를 시작하다

이후 우리는 수십, 수백 명의 고객을 맞이하기 위해 얼마나 열심히 상품을 개발하고 연구했는지 모른다. 돌파티, 소규모 웨딩파티부터 기업파티까지 분야를 계속 넓혀갔다.

규모가 있는 기업파티를 하고 싶어 케이터링 분야를 접목해 보았다. 광주에서는 처음 선보이는 분야라서 행사를 하러 가는 곳마다 반응이 좋았다. 요리도 예술이라는 생각이 들었다. 맛은 기본으로 좋아야 하지만, 맛보다 먼저 접하는 게 디스플레이라는 생각이 들어 음식 하나하나에 정성을 들였다.

이렇게 광주에서 하는 문화행사, 관공서행사, 브랜드 런칭 행사 등을 하며 '르보네르' 브랜드 이름을 넓혀갔다.

이후 회사를 시작하고서 3년 만에 남편은 서울에 있는 대학교에 교수 자리가 나서 서울 생활을 홀로 시작하게 되었다. 6년째 되던 해에 '르보네르'를 언니에게 모두 맡기고 아무런 계획 없이 남편을 따라 서울로 이사를 했다. 둘째가 초등학교에 입학한 시기이기도 했다.

아무런 계획 없이 올라갔는데, 쉬다 보니 일에 대한 열망이 마구 피어올랐다. 집에서 아이를 돌보며 끊임없이 상품 구성, 상품 개발을 하며 쉬지 않고 준비해서 서울에 이사 간 지 6개월 만에 본사를 설립했다.

당시 파티 회사가 광주에서는 경쟁사가 거의 0에 가까웠다면 서울에서는 이미 3~40개 업체가 있었다. 사람들 기억 속에 브랜드네임이 강하게 남아야겠다는 생각이 먼저 들어 6년간 함께 했던 '르보네르' 이름을 '어썸(awesome)'으로 변경했다.

영화 속 한 장면처럼 _____.

'파티'라는 단어를 들었을 때 설레었다. 영화 속 한 장면이 떠올랐기 때문이다. 음악이 흐르는 공간에서 드레스와 턱시도를 차려입은 남녀가 샴페인 잔을 기울이며 건배를 하는 장면, 우리나라에서는 연예인이 아니고서야 일생에 딱 한 번 입어볼까 말까 하는 게 드레스다. 결혼식 날에는 2~3시간 정도 잠깐이지만 이 세상의 주인공이 된 듯하다.

돌파티 입구 스타일링 들어오는 입구에 장미꽃잎과 캔들로 장식 후 캔들에 불붙이고 있는 모습이다.

엄마들의 두 번째 결혼식이라고 할 수 있는 돌파티, 눈에 넣어도 아프지 않을 만큼 예쁜 아기의 한 살 생일은 으레 결혼식을 하고 나서 대부분 1~2년 만에 맞이하게 된다. 1년 동안 건강하게 자라줘서 고맙다는 의미, 앞으로 더 잘 키우겠다는 의미를 담아 부모님과 친지분들 그리고 친구들을 초대하여 축하받으며 그날을 함께 보낸다. 이날은 아기뿐 아니라 부모 모두 주인공이 되는 날이다.

누구나 이런 특별한 날을 가장 멋지게 준비하고 싶고 오래도록 기억에 남기고 싶어 한다. 하지만 혼자 스스로 준비하기에는 모든 게 처음이라 막막하기만 하고, 아기를 돌보느라 시간이 나질 않는다. 그래서 대부분 파티플래너에게 도움을 요청한다.

회사를 처음 시작했을 당시, 둘째가 돌이 가까워졌다. 첫째 딸아이의 돌파티를 이미 했던 경험과 둘째의 돌파티를 준비하는 과정에 있었기에 누구보다 고객 입장에서 이해하고 공감하며 상담을 해줄수 있었다.

스튜디오에서 사진은 언제 촬영해야 하는지, 파티 장소는 어디가 좋은지, 동영상을 준비할 때 필요한 게 무엇인지, 의상은 무엇을 준비해야 하는지 등등 준비해야 할 게 무수히 많다. 이모든 것을 날짜에 맞춰 잘 준비할 수 있게 꼼꼼하게 문자와 전화로 안내해주었다.

퓨전 전통 돌상 스타일링 친정아버지가 써주신 글씨와 그림을
일러스트로 직접 제작하여 만든 현수막.

짐꾼 파티플래너

어떤 영화 장면보다 멋지게 공간을 꾸민다. 그 공간은 예약
하러 왔을 때 봤던 공간과 180도 다른 공간이다. 엘리베이터에
서 내리자마자 캔들과 꽃잎이 흩뿌려져 있고, 눈앞에 아기의 현
수막과 포토테이블이 놓여 있다. 포토테이블에는 아기가 태어
났을 때 사진부터 돌사진까지 성장 사진이 가득하다. 그리고 아
기가 입었던 배냇저고리, 손싸개, 배냇모자, 신발 등도 예쁘게
놓여 있다.

유러피언돌상 스타일링 '두 번째 결혼식'이라 불릴 만큼 기대하는 첫돌파티 스타일링을 화이트 콘셉트로 스타일링했다.

돌잡이를 무엇을 할지 하객들이 번호표를 넣을 수 있는 돌잡이 이벤트도 준비되어 있다. 아기의 성장 과정을 포토테이블에서 관람한 후 무대와 하객 테이블이 있는 곳으로 입장한다. 테이블마다 엄마, 아빠의 감사 인사글과 캔들과 생화 장식으로 가득하다. 그리고 무대 쪽에는 오늘의 주인공이 돌잡이를 할 수 있는 돌상이 차려져 있다. 돌상에는 돌떡과 케이크, 과일, 플라워, 캔들장식, 그리고 돌잡이 용품까지 가득하다.

소규모부터 3백 명 정도까지 공간의 크기도 다양하다. 이러한 공간들은 대부분 행사 시작하기 전, 1시간에서 2시간 정도의 시간을 내어준다. 고객들이 도착하기 전까지 한두 시간 내에 위에 나열한 모든 것을 다 설치하고 꾸며야 한다.

그 당시 돌파티 장소가 대부분 호텔이나 뷔페였다. 호텔은 시간의 여유를 조금 더 얻을 수 있다. 뷔페는 일반 고객들이 상시 이용하는 장소라서 호텔보다 시간의 여유가 거의 없다. 1시간 정도의 준비시간만 얻을 수 있다.

그런데 하필이면 첫 행사가 씨푸드 뷔페였다. 롯데백화점 식당가에 있는 오픈된 공간이었다. 주말에 일반 손님도 굉장히 많이 와서 시간도 시간이지만 실수라도 한다면 첫 행사만 치르고 문을 닫아야 할 판이였다.

첫 행사가 잡히고 실수 없이 시간 내에 세팅하기 위해 사무실에 짐을 풀어 설치하는 과정까지 타이머를 눌러가며 수없이 연습했다. 눈 감고도 세팅을 할 정도가 되었을 때야 조금 안심이 되었다.

그런데 막상 행사날이 되자 굉장히 긴장이 되었지만, 옆에 언니가 같이 있어 서로 의지가 많이 되었다. 행사장에 도착해서 어마어마하게 많은 소품들이 포장된 상자들을 재빨리 풀었다. 그리고 테이블에 자리를 잡고 세팅하기 시작했다.

그 당시에는 돌파티를 간단히 했던 분위기라 돌상과 현수막

포토테이블까지 화려한 소품들로 가득 찬 현장을 보고 지나가던 사람들도 발걸음을 멈춘 채 한참동안 구경을 했다. 그리고 뷔페 직원들도 계속 쳐다보는 느낌이 들었다. 사무실에서 우리끼리 했을 때와 또 달랐다. 각자 맡은 부분을 전부 세팅하고 나서야 안도의 한숨을 쉬었다. 다행히 다 차린 뒤에 그날의 주인공이 등장했다.

행사장에 막 도착한 엄마, 아빠가 감탄을 연발했을 때 비로소 긴장감은 잦아들었다.

행사가 끝난 뒤 감사하다는 인사를 듣는 순간, '이 일을 시작하길 참 잘했구나' 하는 생각이 들었다. 행사를 마무리하고 세팅했던 짐들을 모두 상자에 차곡차곡 담아 차에 싣고 나서야 퉁퉁 붓고 물집이 생긴 발에서 통증이 밀려왔고, 식사 시간이 한참 지난 덕분에 배고픔이 엄청나게 몰려왔다. 그러면서도 성공적이었던 첫 행사를 생각하면 고마움이 밀려온다.

우리가 회사를 시작하면서 한 가지 더 중요시했던 부분이 있다. '행사장에서 프로다운 모습으로 고객에게 최고의 서비스를 제공하자'라는 신념을 다짐하며 시작했다. 주인공들을 서포트해줘야 하는 파티플래너가 슬리퍼를 신고, 추리닝을 입고 행사장에 나타난다면 그건 예의가 아니라고 생각했다. 튀지 않는 블랙이나 화이트 계열의 정장에 구두를 신고 주인공들을 맞이하고 행사가 끝날 때까지 옆에서 도와주었다. 그래서 행사가 있는 날이면 친정 부모님의 안쓰러워하는 눈빛이 생각난다.

그렇게 르보네르는 첫 행사를 마치고 두 번째, 세 번째 행사를 마치면서 지인들의 소개가 점점 늘어났고 행사장 담당자들이 적극적으로 소개해주면서 신뢰와 인지도가 쌓여갔다. 일주일에 7~8개씩의 돌파티를 하면서 고객의 숫자도 셀 수 없을 만큼 늘어났는데, 10년이 지난 지금도 생각나는 고객이 딱 두 팀이 있다.

아이의 돌파티 비용과 사회자 비용을 몽땅 떼어먹고 연락 두절한 고객. 그 아이는 지금쯤 12살이 되었을 거 같다. 또 한 팀은 돌파티가 다 끝난 후 며칠 뒤 전화를 해서 아이의 돌상에 올

려진 석류가 싱싱하지 않다며 환불을 요청한 고객이었다. 게다
가 바나나에 붙여진 상표가 시장에서나 파는 싸구려였다며 불
만을 토로했다. 급기야 인터넷에 후기를 올리겠다고 협박까지
했다.

사실 그날은 명절 다음날이라 마트며 시장이며 문은 다 닫혀
있던 상태였다. 과일은 미리 사놓을 수 없기에 고생하며 겨우
구해왔던 과일이었는데도 말이다. 석류는 겉이 윤기가 흐르고
색이 또렷한 것으로만 구했다. 안을 볼 수 없기에 최대한 싱싱
해 보이는 것으로 구매했는데 말이다. 돈을 돌려받고서야 잠잠
해졌다.

그 뒤론 석류는 올리지 않는다. 그리고 바나나에 붙어있는
상표는 떼어버린다. 바나나도 비싼 브랜드가 있는지 아직도 모

르겠다.

아이들은 무럭무럭 잘 크고 있겠지. 가끔 생각난다. 초롱초롱 맑은 눈에 까만 눈동자의 아이들. 그 아이들에겐 그날의 사진과 함께 좋은 추억으로 남아있겠지.

야외 웨딩파티의 설렘

또 생각나는 고객이 있다. 어느 날, 웨딩파티 의뢰가 들어왔다. 케이터링과 야외 스타일링까지 전부 맡기고 싶다고 했다. 광주가 고향인데, 제주도에 내려가서 정착하신 젊은 신랑신부였다.

장소는 화순에 있는 갤러리였다. 그 갤러리에서도 처음 하는 파티라 흔쾌하게 승낙해주셨다. 신랑신부는 얼굴만큼이나 마음씨도 고운 분들이었다.

새로운 행사에 대한 설렘은 언제나 즐겁다. 그 설렘을 고객에게도 느끼게 해주고 싶기에 이번에도 최선을 다해 준비했다. 스타일링뿐 아니라 케이터링 음식까지 준비해야 해서 돌파티의 10배 정도 무게감이 있었다. 그날은 날씨도 너무 포근했고 햇볕도 따뜻했다.

최선을 다해 준비한 웨딩파티. 신랑신부가 도착하여 역시 르보네르를 선택하기 잘했다는 말 한마디가 얼마나 감사했는지 모른다. 양가 부모님과 친지분들도 맛있게 식사하시고 가셨고 무사히 행사를 끝마쳤다.

그리고 일주일 뒤, 제주도에서 택배가 도착했다. 신혼여행을 다녀온 신랑신부가 제주도에서 제일 유명한 삼치를 한 상자 보내주신 거였다.

그날 너무 고마웠다며…….

야외파티는 생각보다 성공적으로 마치기가 굉장히 어렵다. 봄은 생각보다 날씨가 쌀쌀하고, 여름은 너무 덥고, 가을은 바람도 많이 불고 금방 겨울이 다가온다. 그래서 야외파티의 성공률은 10%도 되지 못한다.

그런 낮은 확률 속에서 이렇게 성공적으로 야외 웨딩 행사를 마치다니 그건 분명 마음씨 좋은 신랑신부가 복을 가득 받았다는 증거다.

쌍둥이 같은 자매 _____ .

두 살 차이의 언니와 내가 키와 몸무게가 비슷해진 시기는 초등학교 1학년 때인 거 같다. 어렸을 때부터 쌍둥이, 붕어빵이라는 말을 귀가 닳도록 듣고 살았다.

그런데 엄마께서 옷도 똑같은 옷을 입혀주셨다. 비슷해진 체격 때문에 물려 입을 수가 없었기 때문이다. 옷 때문에 싸움이 일어나는 걸 미리 방지하기 위함이었다.

2살 차이지만 내가 7살에 학교를 일찍 들어가서 학년은 한 학년 차이만 났다. 중학교 때까지 같은 학교에 다니던 우리는 주변에서 구분을 잘 못 할 정도로 많이 닮았다. 내 친구들과 언니 친구들이 나와 언니를 수없이 착각하고 인사하며 아는 척을 했다.

중학교 1학년 때다. 매점이 교실에서 뛰어가면 3분 정도의 거리에 있었다. 쉬는 시간이 10분이었기에 재빠르게 다녀와야 10분 안에 다녀올 수 있었다. 그날따라 매점에 사람이 많아 주문이 늦어졌다. 고로케를 사 들고 친구들과 열심히 뛰었지만, 수학 시간에 늦고 말았다. 이날은 출산휴가를 가신 선생님 대신 몇 개월간 잠시 젊은 남자 선생님이 오셨는데, 그 첫날이었다.

열정이 가득하셨던 수학 선생님은 수업 시간에 늦게 도착한 우리를 그냥 들여보내지 않으셨다. 매점에서 사 들고 온 간식이 무엇인지 다 공개하라고 하셨다. 거기다가 우리는 5분간 서 있다가 자리로 돌아갔다.

이후 그날 사 왔던 간식으로 이름을 불러주셨는데, 그날부로 난 수학 시간마다 '고로케'가 되었다.

왜 아는 척을 하지 않을까

같은 학교 중학교 2학년이었던 언니가 어느 날 자료들을 갖다 놓기 위해 교무실에 갔는데, 누가 자꾸 자기보고 "고로케~ 고로케~"라고 부르더란다. 무뚝뚝하게 자기 할 일을 마친 언니는 교실로 돌아갔단다. 그날 수업에 들어오신 수학 선생님께서 오전에 교무실로 오지 않았느냐고 내게 물으셨다. 왜 아는 척을 하지 않느냐고 그러시면서 말이다. 반갑게 인사를 하지 않은 모습에 서운하셨나 보다. 눈치를 챈 나는 2학년에 언니가 있다고 말씀드렸더니 박장대소를 하셨다. 이런 일은 대학교 때도, 사회생활을 하면서도 좁은 광주 땅에서 수없이 반복되었다. 같이 사업을 하면서도 마찬가지였다.

돌파티가 호텔에서 있을 때는 위층과 아래층 두세 군데서 같은 시간대에 예약이 동시에 잡히는 경우가 많았다. 그러면 위층

케이터링 세팅하고 있는 나의 모습.

돌파티 스타일링 세팅하고
있는 언니 모습.

은 언니가, 아래층은 내가 담당해서 행사를 진행하곤 했다.

호텔 담당자와 직원들이 위층과 아래층을 분주히 오가며 일
을 하면서 나를 바라보는 황당한 눈빛이 떠오른다. '분명 조금
전, 위층에 있었는데 언제 아래층으로 왔지?'라는 생각을 하는
듯했다. 행사 세팅이 마무리될 때면 언니와 나는 만나서 같이
전체를 둘러보곤 했다. 빠진 부분은 없는지, 세팅은 잘되었는지

확인하면서 말이다. 그렇게 같이 있을 때면 조금 전까지 당황한 눈빛으로 쳐다보던 직원들의 눈이 더욱 커지는 것을 볼 수 있었다. 그러면서 속닥속닥 속닥이는 소리가 들린다.

"쌍둥이였구나."

그리고 그중 용기 있는 자가 물어보러 온다. "혹시 쌍둥이세요?"라며 말이다. "아니요, 이쪽이 언니고요. 제가 동생이에요"라고 말해주면 그제야 궁금증이 풀려 돌아갔다.

"쌍둥이가 아니래!"

그뿐이겠는가. 행사때마다 만나는 스냅 촬영작가도, 사회자도 우리가 쌍둥이가 아닌 줄 알면서도 매번 헷갈려한다. 내가 참석했던 행사인줄 알고 지난 행사장에서의 에피소드들을 신나게 이야기 할때면 "아, 그때 제가 아니라 언니가 갔어요"라고 이야기해주고 다시 대화를 나눈다.

"하, 정말 닮으셨어요!"

서울 행사장에서 있었던 에피소드

최근에 일어났던 일이다. 서울에 본사를 설립하고 각자 독립하여 사업체를 운영했기에 이제 더 같이 행사하는 날이 없어졌다. 그런데 광주에서 거래업체였던 회사가 서울에 오픈하여 오픈식을 하러 올라왔다. 광주지점과 일한 지 4~5년 된 업체였기에 꽤 친분이 있었나 보다.

행사장에 도착하는 순간, 너무도 반갑게 인사하기 시작했다. 오랜만에 뵙는다며 서울에서도 뵈니 반갑다며, 50m 떨어진 곳에서부터 활짝 웃는 얼굴로 맞이해 주셨는데 난 처음 뵙는 분이었다.

반갑게 인사를 하지도 못한 채 당황한 표정을 짓고 말았다. 죄송하다며 저는 서울 본사에서 나왔고, 광주 대표님 동생이라고 말씀드렸더니 꽤 당황해 하셨다. 언니에게 바로 전화를 해서 행사장에 계신 분들의 인상착의를 설명해가며 어떤 부서에서 계신 누구인지, 담당자가 누구인지, 전부 확인을 한 후 다시 행사에 임했다. 오랜만에 관계자들을 만났을 때 아무렇지 않게 대화가 오가면 이런 생각이 든다.

'나를 언니로 생각하는 건 아니겠지? 나를 알아본 게 맞겠지?'

서울에 가끔 물품을 사러 오는 언니가 본사 사무실에 들를 때면 직원들의 당황하는 눈빛을 볼 수 있다. 그런 반응들에 익숙해졌지만, 여전히 재미있다. 옷 취향도 비슷해진 우리는 같이 쇼핑을 갈 때면 같은 옷을 살 때도 많다.

'어차피 넌 서울, 난 광주에서 입을 건데 누가 알겠어'라며 말이다.

바로 옆에서 지켜보는 남편과 형부 그리고 아이들만 알 뿐이다.

선택의 순간 _____ .

　남편이 혼자 서울로 가게 되었을 때 앞으로의 상황이 어떻게 변할지 예측할 수 없었다. 결혼해서도 직장을 광주에서 잡았고 남편의 직장도 광주였기에, 다른 곳에서의 생활은 사실 큰 변화가 있지 않고서는 일어나지 않을 거라고.

아기가 태어나고 1년 동안 성장 과정을 담은 성장 동영상 상영 중.

파티사업을 시작하고 3년 만에 벌어진 일이었다. 남편이 10년 간 몸담고 있었던 회사를 그만두고 너무나도 생소한 파티회사 를 차리겠다고 했던 일도 예상하지 못했던 일이었으니 말이다. 가족들은 모두 좋은 기회라고 축하해주었다. 주위 사람에게선 축하받으면서도 시기나 질투하는 느낌을 동시에 받았다. 세상 사람들은 모두 다 자기 자식 일 이외에는 '사촌이 땅을 사면 배 아픈가' 보다.

그렇게 남편은 자의 반, 타의 반으로 서울로 올라갔고 우리 는 주말부부 생활을 시작했다. 나중에 안 사실이지만, 남편은 지금까지 살면서 가장 힘들었던 시기가 서울에 와서 혼자 지냈 던 시간이라고 했다.

남편은 욕심 없이 먹고살 만큼만 벌어서 아이들과 캠핑이나 여행을 다니며 사는 게 꿈이었던 사람이다. 그런데 그 좁은 고 시원 방에서 고독하게 아이들도 못 보며 혼자 지냈으니 얼마나 힘들었을까.

평일에는 집에 돌아가면 아무도 없는 좁은 방에서 외로이 지 내야 했다. 그 당시 SRT도 없어 주말에도 고속버스로 다섯 시 간 이상 이동하여 광주에 와서 잠깐 동안 아이들과 보내고, 다 시 일요일 저녁에 올라가야 했다. 몸도 지치고 모든 게 힘들었 던 모양이다.

나는 워낙 낙천적인 성격이라 이래도 좋고, 저래도 좋았다.

서울에 있는 남편 덕분에 아이들과 가끔 서울 나들이도 갈 수 있어 좋았다. 광주에서는 근처에 친정집이 걸어서 15분 거리에 있고, 친정 언니도 매일 만나 같이 일을 했기에 항상 북적북적 외로울 틈이 없었다.

서울에 올라갈 때마다 남산, 경복궁, 아쿠아리움, 63빌딩, 롯데월드 등 아이들과 함께 가보고 싶은 곳은 실컷 둘러보고 온 것 같다. 지금은 서울에 살아서인지, 언제든 갈 수 있다는 생각 때문인지 그때만큼 열정적으로 다니지는 않는다.

한쪽으로 마음이 기울어지다

그렇게 시간이 훌쩍 지나갔다. 두 해가 지나갔다. 또다시 변화가 생겼다. 남편은 서울 ○○전문대학교의 학과장 생활을 마치고 다른 학교로 강의를 나가게 되었다. 아침부터 저녁까지 주말을 제외하고 종일 학교에서 일했던 때와는 달리 시간의 여유가 생겨 다른 사업을 구상했나 보다.

남편은 어느 날, 교육사업을 해보겠다며 굉장한 포부를 안고 내게 전화를 했다. 너무나도 자신 있는 목소리로 즐겁게 이야기했기에 나도 왠지 잘될 것만 같았다. 그렇게 남편은 오금동에 사무실을 빌려 파티교육원을 시작했다. 직원도 한 명 두었다. 처음에는 수입이 없었기에 광주에서 벌었던 돈으로 월세와 직원 월급, 식비 등 매월 계속 돈을 올려 보냈다.

3월에 시작했던 교육원이 6개월이 지나면서도 생각했던 것만큼 수입이 들어오지 않자, 여러 생각이 들었다.

'남편은 교육원 사업을 접고 광주로 내려올까?'

'내려오지 않는다면 언제까지 서울에 있을 수 있을까?'

'교육원 사업을 하지 않고 강의만으로 생활비를 유지할 수 있을까?'

'아빠와 떨어져 지내는 생활이 아이들에게 나쁜 영향을 주지 않을까?'

'둘째가 내년이면 초등학교에 입학하는데 입학하기 전에 결정해야 하지 않을까?'

그렇게 9월이 지나면서 나는 한쪽으로 마음이 기울어졌다. 남편이 모든 일을 접고 광주로 내려온다면 꼭 실패하고 돌아온 사람 같아 보일까봐 싫었다. 어떻게든 교육원 사업이 잘되기를 바라는 마음이 있었기에 '일단 서울로 올라가야겠다'고 생각했다.

남편이 1년 전 고시원에서 원룸으로 이사하고 나서 1년간 계약을 했던 곳이 12월 말이면 계약이 끝난다. 그리고 둘째가 초등학교 입학원서를 받으려면 12월에는 서울에 주거지가 있어야겠다는 생각이 들었다.

"서울에 와서 어떻게 살려고 하느냐"

그런데 넘어야 할 산이 아주 커다랗게 자리 잡고 있었다. 근처에 살고 계시는 친정 부모님께서 노발대발하실 게 뻔했다. 평생 근처에서 같이 손주들 보며 함께 살 거라고 여겼기 때문이다. 서울로 가겠다고 말을 하면 반대가 너무 심할 거라는 예상을 했기에 그냥 조용히 일을 진행했다.

서울에서 아이들과 함께 지낼 집을 계속 알아봤다. 어느 동네에 자리를 잡을지, 아이들을 어느 학교에 보낼지 말이다. 그러면서 서울에 한 번씩 올라갈 때면 아이들을 데리고 남편과 여기저기 알아보러 다녔다.

그렇게 최종 목적지를 정하고 난 뒤 현재 살고 있던 집을 전세로 내놓았다. 그런데 전세로 내놓은 집이 일주일 만에 계약하겠다는 사람이 나타났다. 부모님께 더 이상 미룰 수 없어 말씀을 드렸더니 역시나 예상과 같은 일이 벌어졌다. 친정아버지께서 엄청나게 노발대발하셨고, 서울에 살고 계시는 친척분들과 여러 사람이 다 말리기 시작했다.

"서울에 와서 어떻게 살려고 하느냐", "서울 사람들은 그렇게 만만하지 않다", "어떻게 벌어서 생활을 유지할 거냐" 등등 이런저런 이유로 엄청난 반대가 밀려왔다.

하지만 집은 계약이 됐고, 이미 엎질러진 물이었다. 친정 부모님을 안심시켜드리기 위해서 나는 너무도 당당하게 말씀드렸다.

'한 달에 2천만 원 이상 자신 있다!', '서울에 가서 다시 사업을 시작할 거다!', '그리고 교육원도 현재 잘되고 있다!'라고.

사실 그 당시 광주에서 벌었던 순수익이 한 달에 7백만 원 정도 되었던 거 같다. 몇 주를 그렇게 친정아버지는 술을 드시면서 서운한 마음을 숨기지 않으셨다. 서울 올라온지 6개월도 안되어서 친정아버지가 매주 서울로 아이들을 봐주러 올라오실지는 상상도 못하셨을 거다. 그렇게 모든 사람의 걱정을 안고 나는 들뜬 마음으로 드디어 서울로 이사를 왔다.

공백 기간의 반전 _____ .

　서울에 올라와서 다시 오픈하기 전까지 4개월의 공백 기간이 있었다. 남편이 살던 원룸 계약 기간이 만료되고 서울에서 아이들과 같이 살 집이 마련되어 이삿짐만 먼저 올려보낸 채 아이들과 나는 친정과 서울을 왔다 갔다 하며 머물렀다.

전통 돌상 하객 테이블 스타일링

하객 테이블에 캔들과 감사장으로 오신 분들에게 감사의 마음을 전달할 수 있게 놓아두었다.

첫째 아이가 초등학교 3학년 2학기, 둘째 아이의 유치원 졸업식까지 마치고 올라오다 보니 2월이 훌쩍 지났다. 그리고 광주에서 언니와 함께한 행사는 2월이 마지막이 되었다. 언니는 이제 온전히 혼자서 운영해야 했지만, 조카가 그 당시 막 세 살이 되던 시기였기에 상담 전화를 받는 게 굉장히 어려움이 컸다.

전화상담 외에도 내가 해왔던 일들까지 혼자서 해야 했다. 디자인작업, 출력, 행사물품세팅, 정리, 음식조리 등 꼼꼼히 챙겨가며 해야 하는 상황에서 전화상담이 오면 올스톱이었던 거다.

부모님께서 근처에 사셔서 많은 도움을 주셨지만 일은 최대한 일찍 끝내는 게 육아에도, 집안일에도, 아이를 봐주시는 부모님 모두에게 효율적이었다. 그래서 결국 상담전화는 나의 몫이 되었다.

상담 전화를 대신 받아주기로

전화는 한밤중을 제외하고는 항상 오픈되어 있었기에 전화가 언제 올지 모르는 상황이었다. 몇 번 전화를 받을 때마다 아이는 더 큰소리로 엄마를 찾았고, 문을 닫고 들어가 전화를 받을 때면 밖에서 문을 하염없이 두드리고 우는 상황이 되었다. 그 모습을 보니 우리 아이들의 어렸을 적 모습이 떠올라 웃음이 나왔다.

거실에 아빠랑 같이있다가도 꼭 전화 받으러 가는 엄마 뒤꽁무니만 쫓아다니며 놀아 달라, 책 읽어달라며 엄마를 찾는 모습이 말이다. 이 시기는 아이와 애착 관계가 형성되는 시기이다. 아이를 키우다 보면 다 지나가는 과정이기에 충분히 이해가 됐다.

그래서 전화 상담과 견적서 발송은 당분간 대신 맡아서 해주기로 했다.

그리고 금액의 10%를 받았다. 다시 일을 시작하기 전까지는 나도 조금이라도 벌이를 해야 했기에 서로에게 도움이 되었다. 한 달에 100만 원에서 150만 원, 성수기 때는 200만 원 정도의 금액을 받다 보니 웬만큼 생활은 유지가 되었다.

서울로 이사 후 아주 잠깐 상담 전화를 대신 받아주기로 했는데 2년 6개월이 지났다. 그때는 조카가 5살이 되던 해였다.

생각지도 못한 서울에서의 첫 행사

서울에서 새로 오픈하기 전 공백 기간은 이렇게 굉장히 여유로우면서도 바쁘게 지나갔다. 둘째의 입학식과 더불어 초등학교 1학년 엄마로 다시 돌아가서 아이와 함께 매일 등하교를 하고, 간식도 챙겨주며, 아이 친구들과 놀이터에 가서 같이 놀아주기도 했다.

같은 반 엄마들과 모임도 만들어 아이가 학교에 간 시간에 가끔 브런치도 함께 했다. 주말에는 아이들과 박물관 등 근처에 있는 곳이나, 때론 경기도에 있는 가보고 싶은 곳을 매주 다녔다.

그렇게 개학한 지 2주 정도 지난 때에 삼성전자에서 케이터링 행사가 들어왔다. 서울과 경기도, 광주광역시, 대전 등 총 8개 지점을 동시에 진행하는 VIP 고객 초청 행사였다. 생각지도 못

2015년 전국지점에서 동시 진행했던 블루 콘셉트의 삼성전자 케이터링 행사.

삼성전자 고객초청 케이터링 행사.

한 서울에서의 첫 행사를 준비하게 되었다. 설레면서도 인력이
부족한 상태라 걱정도 되었다. 하지만 그 당시 교육원에 있던
직원과 다른 파티플래너 팀과 광주팀과의 합작으로 무사히 행
사를 마칠 수 있었다.

소품과 그릇, 데코 용품 등은 광주에서 배송받고 부족한 것은
구입해서 진행했다. 우연히 진행하게 된 행사였는데, 광주에서
했던 것과 다를 게 없었다. 교통 시간만 잘 파악하면 어렵지 않을
듯했다.

첫 행사를 치르고 다시 일상으로 돌아와 집에서 아이들과 함
께 시간을 보내며, 광주에서 걸려 오는 상담 전화를 받으며 지
냈다. 그러면서 서서히 오픈 준비를 시작했다. 오픈 시기는 정
해지지 않았지만, 갈수록 적자가 나는 교육원의 사무실 만기 시
점이 되지 않을까 하는 생각이 들었다. 그렇게 생각해보니 또
얼마 남지 않은 시간이었다.

2014년 WELLA코리아 광주점 오픈식 케이터링
로고 색상에 맞춘 레드 콘셉트 스타일링.

PART 02

성공적인 파티로 가는 길에서
만나는 것들

Awesome Party

답례품 업체 사기 사건 _____ .

　돌파티 사업을 시작하면서 답례품 쇼핑몰을 같이 오픈했다. 사이트에서 검색해서 전화해보고 업체에 직접 방문 후 샘플을 구입해 와서 사진을 찍어 준비했다.

　여러 가지 상품들을 선택한 뒤 하나하나 정성스럽게 포장하고 아기 이름을 새겨 네임택을 만들었다. 돌 파티를 예약한 고객들은 대부분 답례품까지 같이 주문했다. 파티 콘셉트에 맞춰 포장을 준비해줬기 때문에 고객에게는 따로 답례품을 준비해야 하는 번거로움을 덜어주었다. 우리는 파티 공간을 연출할 때 우리가 직접 준비한 답례품이 같이 진열된 모습을 보면 정말 뿌듯했다.

　주문이 너무나 많이 들어 올 때면 리본을 접고 포장하느라 친정엄마까지 오셔서 한밤중에 집에 들어갈 때도 여러 날이었다.

　답례품은 택배로도 보낼 수 있어 파티고객뿐 아니라 전국적으로 주문 고객이 늘어났다. 고객이 늘어나다 보니 처음에는 직접 업체를 찾아다니면서 상품을 기획했는데, 나중에는 도매업체에서 상품제안이 들어왔다. 그러다 보니 상품도 하나둘씩 늘어갔다.

끝끝내 답변은 오지 않고

대부분 상품은 직접 가서 대량으로 사서 오거나, 주문이 들어오면 그때그때 도매업체에서 필요한 수량만큼만 택배로 받는 형태로 준비했다.

여러 가지 상품 중에서도 고객들이 많이 찾는 상품이 있었다. 그중에서 가장 많이 찾는 상품은 아기 이름이 새겨진 수건이었다. 일주일에 3~4백 개 이상 주문이 들어왔으니 꽤 많이 팔렸다.

그러던 어느 날이었다. 2년 이상 거래했던 수건업체에서 가격을 더 저렴하게 해줄 테니 돈을 미리 결제해달라는 연락을 받았다. 돈만 미리 결제하고 물건은 주문이 들어오면 그때그때 전달받기로 한 것이다. 180만 원 정도의 금액이었던 거 같다.

2년간 거래한 업체이기에 한 치의 의심도 없었다. 가격이 저렴해서 덥석 돈을 입금한 것보다는 그러한 제안을 거절하기가 좀 어중간한 상황이었다. 그래서 계약서도 없이 입금을 해버렸다.

처음 몇 번은 제때 맞춰 잘 도착했다. 그런데 1~2주 지나서 연락이 잘되지 않더니 결국엔 잠적을 해버렸다. 업체 사장의 카카오톡을 검색해보니 아기 셋의 가정이 있는 엄마였다. 카카오톡도 차단해놓았는지 끝끝내 답변은 오지 않았다.

수건 답례품은 더 주문받을 수 없게 되어 우리 고객들에게는

품질 좋고 믿음직한 사이트를 연결해 주었다. 피 같은 돈을 날려 버린 거 같아 이리저리 알아보니 주위에서 일단 내용증명을 보내라고 한다.

그런데 그 사람의 연락처만 알뿐 주소도, 주민등록번호도 아무런 정보도 없었다. 너무 속상해서 경찰서에 찾아가 보았다.

깍두기 머리의 형사님

상대방이 연락을 받지 않아서 내용증명이라도 보내고 싶은데, 아무런 정보가 없어 보낼 수가 없다고 말했다. 그랬더니 그 자리에서 담당 형사님이 직접 전화를 해주셨다. 내가 전화할 때는 아무리 해도 받지 않던 사장은 경찰서에서 전화하니 바로 받았다.

요즘엔 보이스피싱이 너무 많아 다들 모르는 전화번호는 잘 받지 않는다. 하지만 그때는 지금과 다른 분위기라서 다행히 전화가 연결되었다.

　공장이 망해 중간 중개업자였던 사장도 돈을 많이 떼였다고 한다. 그게 사실인지 변명인지는 아직도 모르겠다. 그렇게 형사님 덕분에 주민등록번호, 주소까지 알게 되고 언제까지 돈을 입금해주겠다는 약속까지 받아냈다.

　딱 두 달, 10만 원씩 총 20만 원을 입금한 이후 영원히 연락이 끊어졌다. 그렇게 160만 원은 공중으로 사라졌다. 덕분에 경찰서에도 가봤다. 문득 무서운 깍두기 머리 이미지와 다르게 너무도 친절하게 도와주셨던 형사님이 생각난다.

　그 후 돈을 미리 입금하는 일은 절대 없다. 160만 원의 금액을 계산해보니 답례품 1,600개를 포장해야 남는 이익과 같았다.

여수엑스포의 LG관 오픈식 케이터링 _____ •

2012년 전남 여수에서 세계박람회가 개최되었다. 1993년 대전엑스포 이후 19년 만에 열리는 큰 규모의 박람회였다. 여러 전시관 중에 대기업들이 참가한 기업전시관도 있었다. 현대자동차그룹관, 삼성전자관, SK텔레콤관, LG관, GS칼텍스관, 롯데관 등 규모도 꽤 컸다.

그중 삼성과 LG 기업관에서 행사 의뢰가 들어왔다. 박람회가 열리는 기간 동안 총 3회를 다녀왔는데, 첫 번째가 LG 기업관 기자초청간담회였다.

개막식이 열리기까지는 14일이 남았는데, 개막식 홍보를 위한 자리였다. 옥상 테라스 여수바다가 넓게 펼쳐져 보이는 공간에 케이터링을 차렸다. 바람도 많이 불고 햇볕도 뜨겁게 내리쬐었지만, 한 폭의 그림 같은 바다 풍경에 힘든 줄도 모르고 마냥 좋았다.

음식이 마를까 봐 기자들이 오기 전에 바로 차려야 되어서 완성된 세팅 사진도 많이 남기지 못했다. 그렇게 행사는 잘 마무리되었고 그날 다른 곳은 구경하지 못했다. 개막식 전이었기에 아직 개방 전이라서 구경할 수 없었다.

여수에 도착한 지 10시간 만에

개막식날, LG관에서 오픈식 케이터링 의뢰가 한 번 더 들어왔다. LG관 오픈식 케이터링은 저녁이었지만, 차량 통제 제한 시간 때문에 새벽같이 여수에 도착해야 했다. 차량 진입시간을 놓치게 되면 그 많은 짐을 도보로 이동해야 한다는 연락을 받았기 때문에 일찍 도착할 수밖에 없었다.

LG관 오픈식 케이터링은 LG 회장님께서 오신다고 하여 며칠 전에 했던 기자간담회와 분위기가 사뭇 달랐다. 보안팀과 모

든 스텝이 더 분주하게 움직였다.

　장소는 기자간담회 때와 같았다. 5월 중순에 접어드니 햇볕은 지난번 때보다 더 뜨거웠다. 짐들을 모두 옮기고 나서도 반나절 이상의 시간이 남았다. 점심을 먹으러 나오면서 이곳저곳 구경할 수 있었지만, 행사를 앞두고 있었기에 마음의 여유가 있지는 않았다. 행사가 끝나는 순간까지 긴장을 놓쳐서는 안 되기 때문이다.

　점심을 먹고 긴 시간을 대기 후, 드디어 여수에 도착한 지 10시간 만에 세팅이 마무리되었다. 11시간 만에 아침부터 기다리고 기다렸던 회장님과 고객들이 도착하셨다. 1층부터 둘러보신 뒤, 마지막에 옥상 테라스에 올라오셨다.

행사 때 남겨진 음식들의 운명

다음 차례는 건배 제의를 하면서 오랜 시간 준비했던 음식과 와인을 마시는 순서였다. 그런데 계속되는 다음 일정 때문이신 지 1분도 안 되어서 내려가신 거 같다.

그렇게 케이터링 행사는 끝이 났다. 이제까지 행사 중 제일 길었던 대기시간이었고, 제일 짧은 행사시간이었다. 행사 때 남겨진 음식들을 보는 게 제일 마음이 아프다. 깨끗하게 비워진 접시를 보는 게 아쉬움도 없고 뿌듯한 마음이 든다. 한번 외부에 노출된 음식은 이미 신선도가 떨어졌기에 다시 사용할 수는 없다. 그래서 그 자리에서 다 폐기한다.

고생한 만큼 행사도 일찍 끝나 한편으로 다행이다 싶어서 후다닥 정리하고 돌아가려는데, 폭죽이 터지고 빅뱅의 무대가 시작되었다. 개막식 행사가 본격적으로 시작된 거였다.

울려 퍼지는 노랫소리에 흥이 절로 나면서도 새벽부터 이동하고 대기한 시간이 길어서인지 모두 녹초가 되어 있었다. 이제 드디어 출발하는 건가!

그런데 담당자에게 연락이 왔다. 개막식 행사가 다 끝날 때

까지 카트와 차량 이동이 불가하다고.

이럴 수가!

예상하지 못했던 상황이었다.
행사는 그날 저녁 10시가 다 되어서야 끝이 났다.

저녁도 못 먹은 우리는 짐을 싣고 행사장을 나오자마자 식당
으로 달려갔다. 식사 후, 광주로 천천히 이동하다 보니 12시를
넘기고 말았다.

A4용지만 한 사무실 _____ •

서울에 올라와 첫 사무실을 돌아보면서 직원들이 하는 말이 있었다.

'A4용지만 했다고.'

어떻게 그 좁은 공간에서 이렇게 많은 짐이 있었는지, 그리고 그 많은 일을 했는지 상상이 안 갈 정도라고 했다.

서울에 올라와 어디가 어딘지 감도 오지 않았다. 교육원이 있었던 오금동과 우리가 살고 있었던 잠실 정도만 겨우 감을 잡았다. 광주에서 처음 사무실을 구할 때와 마찬가지로 집 근처에서 찾기 시작했다.

습관이 참 무섭다. 광주에서의 집 앞 10분 거리의 익숙함을 벗어나지 못했기 때문이다. 지금 생각해보면 2~30분 거리도 서울에선 가까운 거리인데, 그 당시에는 상상이 되질 않았다.

광주에서 살 때는 한 달에 두 번 큰맘 먹고 다녀오는 시댁이 한 시간 거리였고, 몇 주 전부터 미리 계획을 세워서 아이들과 여행을 다녀오는 곳이 한 시간 거리였다. 그래서 한 시간 왕복 시간은 내게는 아주 아주 멀고도 먼 거리로 느껴졌다.

남편이 서울에 올라와 혼자 살 때 이런 말을 한 적이 있다.

강동구청 근처에 마련한 서울 본사 두 번째 사무실.

"서울은 차 막히면 기본 한 시간 거리야. 한 시간은 정말 가까운 거리인데, 광주에 있을 때 한 시간 거리에 계시는 본가에 왜 자주 찾아뵙지 못했을까."

그 당시에는 남편의 이 말을 듣고 나는 작게나마 반발을 했다.

"그런 식으로 말하지 마. 내게는 너무나도 멀고 먼 거리의 시댁이야. 혹시 한 달에 두 번이 아니라, 일주일에 한 번씩 시댁에 가고 싶은 거야?”

이렇게 불만을 말했던 내가 서울에 와서 행사를 나갈 때면 왕복 4시간도 아무렇지 않게 운전하며 다닌다. 아직 광주에서 사는 친정 언니는 이해하지 못하는 거리이다.

마지막에 발견한 곳에서

부동산을 여기저기 돌아보며 깨달았다. 보증금과 월세 그리고 우리가 원하는 조건의 사무실을 찾는 것은 하늘의 별 따기보다 더 어렵다는 것을. 전망이 좋고 깨끗한 곳은 월세가 너무 비쌌다. 가격이 맞는 곳은 오래된 건물이라 엘리베이터가 없는 곳도 많고, 짐을 옮길 수 있는 차량 진입과 주차는 거의 불가능했다. 주차 공간이 좁다 보니 기계식 주차장도 많았다.

부동산을 수없이 돌아보고 지쳐서 집에 돌아오는 일이 2주째 계속되었다. 광주에서 사무실을 구할 때의 경험이 도움이 될 줄 알았는데, 너무도 오래된 일이라 기억도 가물가물했다.

그러다가 마지막에 발견한 곳이 방이동 1층에 있는 사무실이었다. 예전에 음식점을 하던 곳이어서 허가를 낼 수 있는 공간이었고, 차량도 바로 앞에 주차 공간이 있어 짐을 넣고 빼는 게 수월해 보였다.

약간은 골목으로 들어선 곳이었지만, 그렇다고 으슥한 곳도 아니었다. 바로 큰 길가에서 골목으로 들어서자마자 위치한 곳이었고 편의점도 24시간 운영을 하고 있어 위험하지는 않을 거 같았다. 큰 길가에 있는 곳이면 정말 좋았겠지만, 최대한 집에서 가까우면서도 가지고 있는 보증금에 맞춰 구하려다 보니 그 당시에는 그곳이 최선이었다.

평수는 13평이 조금 못 되었지만, 짐이 들어가 있지 않은 공간이라 꽤 넓어 보였다. 싱크대를 설치할 수 있었고, 음식을 만들 수 있는 공간도 있었다. 한쪽에서는 컴퓨터를 설치해서 사무 공간으로도 활용할 수 있는 동선이 나왔다.

나의 구세주, '창고'

정식으로 업체에 인테리어를 맡기는 것은 꿈도 못 꾸었고, 모든 걸 셀프로 하기 시작했다. 예쁜 바닥을 원했던 여자 직원은 인터넷으로 주문한 시트지를 밤새 혼자 셀프로 다 깔았다. 나는 이케아에 가서 커다란 책상과 조명 하나, 그리고 앉을 의자를 사들고 왔다.

이케아에서 봤던 원목 장식장이 너무 사고 싶어 계속 눈가에 아른거렸지만, 1백만 원이 넘는 금액을 쏟아부을 수는 없었다. 그래서 인터넷으로 나무를 주문해서 남편이 직접 못질을 하고 다듬어서 아주 비슷한 장식장을 만들어 주었다.

싱크대와 전기온수기도 인터넷으로 주문해서 셀프로 다 설치했다. 냉장고와 냉동고도 싱크대 옆에 놓고 나니 그럴듯한 주방 공간이 나왔다. 컴퓨터 책상도 설치하고, 이케아에서 가져온 커다랗고 노랑 빛깔 조명을 달고 나니 커피숍만큼 예뻐 보였다.

일을 본격적으로 시작하기 전까지 이곳은 어느 정도 공간의 여유도 있는 따뜻하고 아담한 일터였다. 그렇게 서울점을 오픈하고 나서 6개월도 안 되어서 짐 때문에 발 디딜 틈도 생기지 않을 때까지는 그랬다. 그런데 시간이 흐를수록 공간은 가득 채워져 갔다.

행사마다 콘셉트가 다르다 보니 새로운 소품구입이 계속 이어졌다. 그리고 연말이 다가와서 스타일링 행사 의뢰까지 들어오다 보니, 짐들은 당연히 늘어날 수밖에 없었다.

사무실 계약을 2년 했는데, 2년도 다 채우지도 못하고 다시 알아봐야 할 상황이 올 거 같았다. 더는 이 많은 짐과 같이 있을 수 없었다. 행사에 나가야 할 짐들도 제대로 챙겨가지 못하게끔 되었다.

그즈음 바로 옆 건물에 있는 창고가 눈에 들어왔다. 지금의 사무실보다는 조금 더 적은 10평 정도의 크기였는데, 꽤 오랫동안 계속 공실이었다.

보증금 500만 원에 월세 45만 원의 정말 말 그대로 '창고'였다. 창고를 계약한 뒤 사무실에 있는 짐들을 모두 옮겨 놓았더니, 드디어 숨을 쉴 만한 공간이 나오기 시작했다. 창고는 우리의 구세주였다!

순간이동을 하는 느낌만큼 _____.

서울 사무실을 오픈하고 나서 이런저런 준비로 아이들과 여행도 제대로 못 다녀왔다. 그러던 차에 친한 친구들이 날씨 좋은 어느 날, 캠핑을 제안했다. 안 그래도 사무실 일 등으로 지친 참에 기분전환도 할 겸 해서 룰루랄라 신나게 준비해서 캠핑을 떠났다. 총 3팀이었다.

주말이라 예약된 행사도 없어 마음 편히 출발했다. 서울점을 오픈하고 나서 두 달 정도 지난 때였다. 8월은 기업들도 휴가철이라, 문의는 거의 9월과 10월 행사가 주를 이룬다.

기업행사 시즌은 대부분 9월부터 시작된다. 문의 전화도 놓쳐서는 안 되었기에 상담 전화기와 노트북은 필수로 가지고 다녔다. 광주점으로 걸려 온 전화까지 처리해야 해서 놀면서도 신경은 언제나 전화기에 가 있었다.

그런데 여행지로 출발하고 얼마 지나지 않아 걸려 온 전화가 있었다. 이틀 뒤 행사인데, 진행할 수 있는지를 묻는 전화였다. 이틀 뒤 행사라면 이번 캠핑에서 놀다가 아니, 다 놀지도 못하고 돌아와야 하는 상황이 생길 수도 있다. 아이들에게 미안하고 같이 간 팀에게도 미안한 일이었다.

1 아산나눔재단 케이터링.
2 브롤스타즈 오프라인 공간 슈퍼셀라운지 오픈식
  케이터링.
3 배달의민족 개발자님들의 비어파티 케이터링.

너무 급하게 요청한 행사였기에 '설마, 이걸 해야 할까'라는 생각과 '아니, 이리 급하게 요청한 행사를 처리해줄 수 있는 회사는 우리밖에 없을 거 같다'라는 생각도 들었다.

만약 이번에 못 하더라도 다음번 행사 때 참고할 수 있게 견적서와 제안서 그리고 안내서는 항상 정성스럽게 메일로 발송을 한다. 이번에도 그렇게 메일을 발송하고 까맣게 잊어버리고 싶은 마음으로 신나게 놀았다.

'예약하겠구나!'

캠핑장에서 모닥불도 피우고 고기도 구워 먹었다. 푸르른 자연 아래서 아이들과 물가에서 고기도 잡으면서 정말 평화로운 시간을 보냈다. 그렇게 하루가 지나고 다음 날 점심때쯤이었다. 어제 행사 문의를 위해 걸려 왔던 번호로 다시 전화가 왔다. 솔직히 휴일 같은 날, 쉬고 있을 때 회사 전화기가 울릴 때면 심장이 요동친다. 전화벨 소리도 몇 년째 그대로이기에 사무실 휴대폰 벨소리는 때로 듣기 싫을 때도 있다.

그런데 이번에는 벨소리가 울리자 '아~!' 하면서 바로 느낌이 왔다.

'예약하겠구나!'

사무실 직원에게는 사실 어제 예약 문의가 오자마자 확인을

ING생명 29주년 파티스타일링.

끝내놓은 상태였다. 만약 우리가 이번 행사를 진행하게 된다면 당장 준비를 할 수 있는지 말이다. 문의해 온 행사는 소규모도 아니었다. 유명한 인테리어샵과 커피숍이 샵인샵(shop-in-shop) 형태로 새로 개장한 오픈식 행사였다. 인원도 80명이나되었다.

여행을 오지 않았다면 남편은 시장으로 뛰어갔을 테고, 나는사무실에 가서 이것저것 데코 용품과 음식 준비를 하고 있었을시간이다. 대신에 나는 캠핑 의자에 차분히 앉아 준비해야 할사항부터 정리하기 시작했다. 사야 할 식자재부터 정리해보았다. 80인분이라서 직원 혼자 차도 없이 장을 보기에는 조금 무리가 있는 양이었다. 식자재 마트보다는 조금 비싸지만, 시간만 잘 맞추면 원하는 장소까지 배달해 주는 홈플러스 배송서비스를 이용해서 주문을 넣었다. 그리고 과일은 매번 다니는 가락

2015년 샵앤샵 매장 오픈식 케이터링.

시장의 과일가게에 전화로 주문을 넣고 퀵서비스로 배송을 받았다.

식자재 마트에서 사야 할 재료만 빼고는 거의 다 준비되었다. 나머지는 차가 없어도 택시로 이동해서 사올 수 있는 정도의 양이었다. 식자재가 다 준비된 뒤, 미리 연락해놓은 스텝과 함께 사무실에서는 분주하게 음식 준비를 시작했다.

고객에게 큰 기쁨을 주면

직원과 스텝들이 사무실에서 음식 준비를 하는 동안 난 테이블 데코레이션 플랜을 세우기 시작했다. 테이블 위에 놓일 음식들의 위치를 간단하게 스케치해서 자리를 잡고, 음식과 어울리는 그릇들을 머릿속으로 떠올리며 80인분씩 들어갈 그릇들을 하나씩 체크해 나갔다. 정리된 파일을 직원에게 전송하고 나니 그제야 한시름을 놓았다. 이젠 정리해놓은 파일대로 빠짐없이 준비만 잘하면 되는 거다.

이렇게 차분하고 발 빠르게 움직인 덕분에 캠핑은 예정대로 2박을 할 수 있었다. 하지만 해도 뜨지 않은 새벽에 출발해야 했기에 아이들에게는 미안했다.

행사복으로 갈아입고 사무실에 도착해서 체크리스트에 적힌 목록을 하나씩 다시 점검하며 빠진 게 없는지 꼼꼼하게 확인했다. 그리고 시간에 맞춰 음식 준비를 마무리하고 행사장에 도착했다.

지난 5년 동안 수도 없이 맞이했던 행사지만, 언제나 긴장되기는 마찬가지다. 행사 세팅이 마무리될 때까지 긴장의 끈을 늦출 수는 없다. 그만큼 잘하고 싶은 마음이 크기 때문이다. 만족스러운 행사가 되면 고객에게 큰 기쁨을 주고, 그 기쁨이 내게로 다시 돌아오기 마련이니까.

오늘 새벽까지 푸르디 푸른 캠핑장에서 자연과 함께 '하하호호' 하면서 있었던 내가 순간이동을 한 듯하다. 정장을 차려입고 굽 있는 신발을 신고 오픈식에 오신 사람들을 맞이하며 행사를 하는 내 모습을 보니 말이다. 행사가 많은 연말 시즌에는 항상 동에 번쩍, 서에 번쩍이다. 가깝게는 강남, 여의도 멀리는 인천, 대전, 강원도까지 가다 보면 지점을 만들어야 하나, 라는 고민에 빠진다.

유명인의 동생 유치원 오픈식 ____ .

이태원에 있는 꽤 유명하고 규모도 큰 유치원 오픈식이 있었다. 미팅을 요청해서 직접 방문하여 상담을 진행했다. 인테리어도 너무 예쁘고 아기자기하게 꾸며진 장소였다. 내 아이가 어렸다면 보내고 싶을 정도였으니까.

케이터링을 설치할 위치와 동선을 확인하기 위해 원장님과 같이 1층부터 3층까지 같이 둘러보았다. 원하는 음식의 종류와 행사시간과 진행 콘셉트 등을 이야기 나눈 뒤, 우리 사무실로 돌아왔다. 그리고 아이들이 좋아하고 부모님들도 좋아할 만한 음식들로 제안서를 보냈다. 유치원의 분위기와 가장 잘 어울리는 화이트민트 콘셉트의 스타일링도 제안해드렸다.

드디어 행사 날이 되었다. 새벽 꽃시장에 가서 생화를 사 들

2017년
러에코코리아매장
오픈식 케이터링.

고 정성스럽게 준비한 음식들과 데코 용품들을 들고 현장에 도착하여 완벽하게 세팅을 했다. 세팅을 다 마친 뒤, 세팅된 장소와 유치원을 돌아다니며 카메라에 담기 시작했다.

사진은 그날의 행사가 어땠는지 돌아볼 수 있는 자료이며, 나중에 다시 문의가 들어 왔을 때도 꼭 필요한 부분이다. 그날의 행사 사진들은 다른 고객들에게는 참고자료로 활용이 된다. 예를 들어 오픈식 행사를 하고 싶은데, 몇 명 정도의 규모에 음식의 종류는 어떻게 하면 좋을지 처음 준비하는 고객들에게는 도움이 되는 사진들이다.

만일 내가 이 행사에 손님으로 갔다면

준비가 완료되고, 시간이 얼마 지나지 않아 유치원 원장님 가족분들이 도착하셨다.

'오, 마이 갓! 세상에나.'

　너무나도 유명한 환상적인 목소리의 소유자 팝페라 가수 ○
○○분이 오셨다. 원장선생님은 이 유명한 가수분의 여동생이
었던 거다. 내가 임신했을 때 매일 들었던 바로 그 음반의 주인
공! 인사도 정중하게 해주시고 매너가 너무 좋으셨다.

　그런데 또 시간이 얼마 지나지 않아 사회자분이 오셨다. 사회
자분은 유명한 여자 아나운서였다! 여기서 끝나지 않았다. 곧이
어 한창 인기의 정상을 달리고 있는 아이돌 가수도 도착했다. 아
이돌 가수는 팝페라 가수분과 친분이 두터운 사이라고 한다. 이
런 유명한 분들의 참석에 대한 소식을 미리 듣지 못한 우리에게
는 정말 '깜짝선물' 같은 광경이 펼쳐졌다. 생각지도 못한 아주 화
려한 행사가 되었고, 같이 간 직원도 너무 신나서 싱글벙글했다.

　아이돌 가수 분도 어쩜 그렇게 친절하신지! 만일 내가 이 행

사에 손님으로 갔다면 휴대폰 플래시가 불이 나게 터졌을 텐데! 유명인의 사인도 받고 정말 신나게 즐겼을 텐데 말이다.

하지만 우리는 행사 스텝이기에 손님들이 아무리 화려한 유명인이라 할지라도 좋아하는 티를 내서는 안 되며, 아무 일도 없는 것처럼 일해야 한다. 사인도 받을 수 없고 사진은 더더욱 찍을 수도 없다.

현장에는 학부모들과 아이들로 북적댔다. 유명한 연예인과 같이 사진을 찍고, 음식도 먹으며 화기애애한 분위기가 내내 이어졌다.

한참 뒤, 유치원 내부로 행사 장소가 이동되어 케이터링 공간은 조금 한가해졌다. 지저분해진 테이블도 깨끗이 정리하고 나자, 잠깐의 여유가 생겼다. 그즈음 같은 공간에 있던 아이돌 가수가 "같이 사진 찍으실까요?"라고 먼저 요청해주었다. 나는 직원한테 내가 찍어줄 테니 "옆에 가서 서"라고 했는데, "아니에요, 괜찮아요"라고 하더니 어느 순간 얼굴을 바짝 들이밀고 같이 셀카를 찍는 게 아닌가.

한참 셀카가 유행하던 시기였지만, '괜찮다'라고 해놓고 셀카를 찍는 모습이 어찌나 웃기던지. 난 그냥 일반 사진을 남겼다. 아주 다소곳이 나란히 서서.

행사에 가서 연예인과 같이 사진을 찍은 것은 그때가 처음이자 마지막이었다.

'아, 그럴 수도 있겠구나'

이처럼 즐거웠던 행사를 마치고, 다음날 사무실에 출근하자마자 행사 후기를 빨리 올리고 싶었다. 그래서 행사장에서 찍었던 사진들의 포토샵 작업을 하고, 블로그에 올릴 글을 정성스럽게 써서 바로 업데이트했다.

그렇게 며칠이 지난 어느 날, 원장선생님에게서 전화가 왔다. 그날 행사를 너무 잘해주서서 감사하다며. 그런데 혹시 인터넷에 사진이 올라갔다면 아이들이 생활하는 공간이라 공개가 안 되었으면 좋겠다는 요청을 정중하게 하셨다.

'아, 그럴 수도 있겠구나.'

나는 죄송하다며 바로 비공개로 전환했다. 유명 연예인의 방문과 '유명 팝페라 가수의 동생 유치원 오픈식 행사', 이런 타이틀만 봐도 꽤 신뢰가 가고 앞으로 이 사진들을 보며 행사가 많이 들어올 거 같았는데 아쉬움이 조금 남았다.

이처럼 비공개 요청은 가끔 있는 일이다. 공개되면 안 되는 명품 브랜드 사내 행사 같은 경우이다. 내부 사진의 유출과 더불어 사내 행사를 외부에 알릴 필요가 없기 때문이다. 제약회사의 출시기념 행사 또한 뉴스보다 우리 블로그나 SNS에 먼저 올리면 안 되는 때도 있다.

하지만 대부분의 기업파티 의뢰는 홍보의 목적이 더 크기 때문에 블로그에 바로 올려 달라는 부탁을 미리 받을 때도 있다. 유명 연예인의 동생 유치원 오픈식 행사 사진은 아쉽게도 우리 회사 컴퓨터 사진 폴더에서만 찾아볼 수 있는 '내부용 사진'으로 남게 되었다.

PART 03

오,
기업파티!

Awesome Party

'아름다운가게' 송년 파티 _____.

집 근처 큰 도로가 아울렛 거리로 조성되었다. 그중 유난히 깨끗하고 예쁜 건물이 눈에 띄었다. 그때는 모든 게 처음이라 사무실을 구하는 것도 굉장히 신중했다.

건물에 마사지 숍이나 노래방 등이 있는 곳은 왠지 안 될 거 같았다. 아이를 키우고 있어서 애들도 데리고 다녀야 할 텐데 유흥업소가 있는 게 왠지 무서웠다. 행사를 하다 보면 사무실에서 일하는 시간이 일정하지 않을 게 뻔한데, 외부인과 한밤중에 마주치고 싶지 않았다.

부동산에 들러 알아보는 곳들은 으레 가격은 저렴한데 건물에 유흥업소가 하나씩 있었다. 그러던 중, 임대 글자가 크게 써진 예쁜 건물이 눈에 들어왔다. 건물주가 직접 내놓은 물건이었다. 임대가 나온 곳은 건물 3층이었다.

남편이 전화를 걸어 가격과 평수를 물어봤는데, 100평이라고 한다. 평수가 넓은 만큼 가격도 비쌌다. 딱 반 잘라서 50평만 임대를 할 수 있는지 다시 여쭤보았다. 가격이 맞는다고 해도 처음부터 100평을 감당하기에는 너무 무리였다.

그런데 건물주가 어떤 사업을 하는지 세세하게 물어보셨다.

파티 관련된 일이 그 당시는 생소하게 들릴 거 같아서 인테리어 소품 같은 것을 진열하고 예쁘게 꾸미는 사업이라고 설명했던 거 같다. 외부 고객은 방문하지 않을 거라고 했다. 그랬더니 흔 쾌히 50평을 내주셨다.

아름다운가게와의 인연

사실 건물주는 인테리어 관련된 사업을 하시는 대표님이셨다. 건물 4층에 입주해 계셨는데, 전체 건물을 인테리어와 관련된 업종으로 들이고 싶어 하셨다고 한다. 병원이나 커피숍, 학원 등 외부인이 자주 방문하는 업종도 들이지 않을 계획이라 하셨다.

그런데 우리가 어찌 보면 인테리어와 비슷한 업종이며, 외부인도 전혀 오지 않는다고 하니 건물주가 딱 원하는 업종이었던 셈이다.

건물도 직접 지으셔서 다른 건물과 달리 층고도 높고, 엘리베이터, 화장실 등등 하나하나 세심하게 신경 쓴 게 보였다. 그리고 밤 9시 이후에는 외부인이 출입하지 못하게 1층에서 보안시스템이 작동되어 자동으로 닫히게 해놓았다. 건물이 지어진지 얼마 되지 않아 사실상 3층에는 우리가 첫 입주였다.

이 건물이 가장 마음에 들었던 이유는 한 가지 더 있었다. 건물 2층에 아름다운가게 헌책방이 들어와 있었다. 인테리어가 얼마나

예쁘게 되어 있던지! 일하다가 내려와서 책을 읽는 모습을 상상하게 되었다. 우리 아이들도 사무실에 올 때면 이곳에서 책도 읽고 쉬면 좋겠다는 생각을 하니 이곳에 꼭 사무실을 얻고 싶었다.

그런데 월세 비용이 문제였다. 평수를 반으로 줄여 50평이라고 해도 작은 평수가 아니었다. 근처 시세를 보니 50평 가격도 만만치 않았다. 그렇다고 50평을 또 반으로 나눠 달라고 할 수도 없었다.

여기저기 시세를 확인해보고 마음의 준비를 하고서 월세를 여쭤보았다. 주변 시세보다는 높게 부르지는 않았지만, 그 돈도 부담이 되었다.

한 번 더 보증금을 높여서 월세를 좀 더 낮춰달라고 요구해보았다. 그런데 흔쾌히 승낙해주시는 게 아닌가! 보증금 3천만 원에 60만 원. 주변 시세가 1백만 원이 넘어가고 있었으니 거의 절반 가격에 맞춰 주신 거다. 나중에 알고 보니 아름다운가게 헌책방도 기부 형태로 건물주께서 무상으로 임대해 주셨다고 한다.

그렇게 첫 사무실은 햇볕이 따사로이 내리쬐는 예쁜 공간에 자리를 잡았다. 그리고 우리 아이들이 사무실에 올 때면 아래층에 내려가서 책 읽는 모습이 현실로 이루어졌다.

기업파티의 첫 단추

사무실을 오픈하고 나서 첫 행사는 돌파티였지만, 두 번째 행사는 기업파티였다. 아래층에 있는 아름다운가게 헌책방 송년 파티. 아이들 때문에 자주 헌책방에 내려가다 보니, 매니저 님과 친분도 쌓여 이런저런 대화를 나누다가 송년회 이야기가 나왔다. 음식은 직접 준비하신다고 하는데, 음식을 놓을 그릇이 마땅치 않다고 하셨다.

갑자기 머릿속에 음식을 데코하는 그림이 멋지게 그려졌다. 공간이 너무도 예뻤기 때문에 꾸미지 않아도 사진이 잘 나오는 곳이었다. 그런데 이 공간에 우리가 가지고 있는 소품들을 세팅하면 얼마나 더 예쁠까 생각하니 꼭 해보고 싶었다. 그래서 우리가 음식 세팅은 알아서 예쁘게 해드린다고 했다.

돌 파티 준비를 위해 사들였던, 거의 1천만 원어치의 소품들이 사무실에 있었기에 충분했다. 입구부터 세팅이 들어갔다. 투명 화병에 물을 채워 플로팅초도 띄워놓고, 테이블에는 촛대와 예쁜 그릇에 음식을 담아놓았다. 와인도 리본으로 묶고, 와인색 테이블보도 깔아보면서 해보고 싶은 스타일링은 다 했던 거 같다.

　이렇게 해놓고 나니, 송년 파티에 참석했던 사람들 입은 한 동안 다물어질 줄 몰랐다. 화려하면서도 은은한 촛불의 느낌 덕분에 고급스러운 분위기가 연출된 송년 파티는 아마도 처음 접한 게 아니었나 싶다. 나도 이런 연출이 처음이었으니까 말이다. 하하하!

　그 자리에는 건물주도 참여하셨고, 봉사 활동하시는 분들도 많이 오셨다. 다같이 한 해 동안 고생하고 보람이 되었던 이야기를 나누었다. 그때 그 아름다운 공간을 채우던 음악과 조명과 촛불과 음식들이 아직도 생각이 난다.

　이렇게 아름다운가게 헌책방과 함께 기업파티의 첫 단추를 끼웠다.

백화점 케이터링 행사 _____.

돌파티와 기업파티 케이터링 행사 포트폴리오가 점점 많아져 갔다. 회사를 오픈한 지 7개월째 되던 어느 날이었다.

○○의류브랜드에서 연락이 왔다. 광주에 있는 백화점 두 곳에서 같은 날, 똑같은 행사를 해달라는 의뢰였다.

VIP 고객들을 위해 간단한 다과를 준비하는 행사였다. 그런데 우리 회사가 오픈한 지 1년이 채 되지 않아서 시간대가 겹치는 케이터링 행사는 처음이었다.

행사 의뢰가 들어와 매우 기뻤고 굉장히 하고 싶었다. 나중에 명품브랜드 매장에서 진행하는 행사는 전부 하고 싶었기 때문에 놓치고 싶지 않았다. 그러나 기쁘면서도 한편으로는 두려운 마음도 있었다. 행사 때마다 서로 의지하며 같이 다녔던 언니와 떨어져 각자 행사를 나가야 했기 때문이다.

사실 돌파티는 수없이 반복되는 세팅으로 각자 행사를 나가는 일이 많았지만, 케이터링과 스타일링은 경험이 아직 채워지지 않은 상태였다.

메뉴 제안서와 견적서가 모두 통과되고, 드디어 행사 날이 다가왔다. 그날 행사는 백화점 오픈 시간에 맞춰 시작되어 오후

6시 정도에 끝나는 행사였다. 행사 의뢰는 서울 본사에서 했기에 담당자는 만나지 못했고, 백화점 매장 직원들과 직접 마주하게 되는 자리였다.

매장 매니저분 나이대가 40대 정도로 보였고 무서운 직장 상사의 이미지였다. 의류브랜드 콘셉트가 굉장히 깔끔하고 심플한 스타일이었기에, 행사 콘셉트 또한 화려하지 않고 단아한 스타일의 튀지 않는 음식과 생화를 요청했다.

미리 사무실에서 세팅해보고 세팅한 사진으로 담당자와 소통이 다 끝나고 오케이 되었던 콘셉트였는데, 매장 매니저분의 약간은 실망한 듯한 눈빛이 느껴졌다. 생화와 다과를 본사에서 지원해줬다기에 굉장히 화려하고 웅장한 생화가 들어올 줄 아셨나 보다.

손님도 아직 오지 않은 조용한 공간에서

그날 준비된 꽃은 심플하면서 단아한 이미지의 카라였다. 다과 또한 한입 크기로 먹을 수 있는 작은 사이즈의 핑거푸드 음식이었다. 출장뷔페처럼 많은 종류의 음식을 마구 떠서 먹는 스타일이 아니었다. 백화점은 매장들이 다 오픈되어 있다 보니, 냄새나는 음식과 소스 등이 많이 묻어 있는 음식들은 삼가야 한다. 왜냐하면 진열되어 있는 옷들과 소품들에 냄새가 배거나 묻

으면 큰일이기 때문이다.

　그렇게 세팅이 끝나고 알 수 없는 듯한 매니저님의 눈빛을 받으며 그다음 상황이 이어져 갔다. 본사에서 의뢰했을 당시 세팅이 다 끝나면 매장에서 같이 케이터링 서브까지 도와달라고 했다. 직원들은 상품 판매에 주력해야 해서 다과까지 신경 쓰기 힘들어서다.

　오늘 여기서 같이 있으면서 서브해 드린다고 말씀드렸다. 그리고 손님도 아직 오지 않은 조용한 공간에서 그렇게 그 자리를 지키고 서 있었다.

백화점 행사이니 멋져 보여야 한다는 생각에 높은 굽을 신고 갔던 것도, 그날의 차갑고 썰렁했던 공기와 더불어 나의 발을 더 아프게 했다. 점심시간은 되어야 손님이 방문할 거 같은데, 아직 오지 않은 손님이 참 야속했다. 10분이 10시간 같이 길게만 느껴졌던 시간이었다.

눈물이 날 만큼

그렇게 한 시간 정도 지나서 화장실에 가는 척하며 잠시 자리를 비웠다. 언니에게 전화를 걸었다. 언니 목소리를 듣는 순간, 눈물이 났다. 그쪽 백화점 상황 또한 마찬가지라고 했다. 혼자여서 더 힘들다고 했다.

다리도 너무 아프고 무엇보다 힘든 건 아직도 행사가 끝나려면 시간이 아주, 그것도 '아주 많이' 남았다는 사실이었다. 그렇게 점심시간이 다가왔고, 손님들이 오기 시작하면서 시간은 그나마 조금 빠르게 지나갔다.

오신 분들께 주스도 따라 드리고, 비어있는 음식들을 채워가며 무려 8시간을 보내고 돌아왔다. 만일 이번 행사가 처음이 아니고 경험이 있었다면 상주는 하지 않았을 것이다. 나만 불편하고 어려운 자리였던 게 아니라, 매장에 계시는 분들도 불편했을 것 같다는 생각이 들었다.

다음번 행사 때는 세팅만 하고 아이스박스에 음식을 담아 안내해 드리고, 매장 시간이 끝날 때 수거하는 방식으로 진행을 했다. 그리고 그렇게 바라던 명품브랜드 행사를 그 후로 2년이 지난 뒤인 2012년 6월에 드디어 진행하게 되었다.

버버리, 구찌, 에트로 브랜드 행사였다. 1년에 1~2번 하는 명품관에서 열리는 케이터링 행사에 서울업체가 내려와서 하곤 했는데, 드디어 우리 어썸파티(그때는 브랜드명이 '르보네르')에서 하게 된 것이다. 백화점 첫 행사 때 흘렸던 눈물의 결과였다. 역시 인생은 고생 끝에 낙이 오고, 보상이 따르는 법인가 보다.

'신선도체크박스'가 탄생한
비하인드스토리 _____ .

　케이터링으로 기업파티 분야를 시작한 지 2년 정도 되던 해였다. 2011년 10월, 여수 복선 전철 개통식 행사에서 간단히 인사를 나누는 간담회 자리에 커피와 다과를 세팅해 달라는 의뢰를 받았다. 굉장히 높은 VIP분들이 참석한다는 연락을 받았고, 누구인지는 알려주지 않았다.

　매번 행사 때마다 그 행사에 참석하는 모든 분이 행사 담당

자에게는 VIP분들이다. 그래서 준비할 때마다 최선을 다하는 마음은 같다. 고객은 누구나 우리에게는 똑같다. 공식적으로 VIP가 아니어도 우리가 준비하는 부분에서는 고객들 모두가 VIP인 셈이다.

그런데 행사장에 도착해 보니, 분위기가 여느 때와 달랐다. 보안팀들이 무척 많았고, 보안검색대까지 따로 설치되어 철저하게 신분증 검사가 이루어졌다. 그 후에도 물품까지 하나하나 확인 후 입장할 수 있었다.

행사장에 도착한 뒤에야 우리는 그날 행사에 대통령이 참석한다는 소식을 전해 들었다. 그제야 유난히 삼엄했던 행사장 분위기가 이해되었다. 담당자들은 동선에 맞춰 테이블 위치 하나하나까지 꼼꼼히 체크를 했다.

누구를 원망할 틈도 없이

그런데 테이블 위치를 잡고 케이터링 음식들이 놓일 그릇과 접시들을 놓는 순간 날벼락 같은 일이 벌어졌다. 테이블 하나가 넘어져서 유리그릇이 산산조각으로 깨져버린 것이다.

우당-탕탕!

그 많은 보안팀과 도우미분들 그리고 관계자분들의 시선이 일제히 우리 쪽을 향했다.

2015년 호남고속철도개통식 케이터링—꽃잎차.

세상에나!

쥐구멍에라도 들어가고 싶은 심정이었다. 평소보다 굉장히 긴장감이 도는 현장에서 이런 말도 안 되는 일이 벌어지다니! 평소 같으면 테이블이 넘어질 리 없었다. 너무 이상해서 다시 살펴보니, 테이블이 설치된 바닥 쪽이 여러 개 구멍으로 뚫려있는 곳이었다. 테이블 다리 하나가 구멍 위에 살짝 걸쳐져 있다가 빠져버리면서 중심을 잃고 쓰러져 버린 것이다.

눈앞이 깜깜해졌지만, 음식들이 아직 올려지기 전이였다. 게다가 여유분으로 그릇도 더 가지고 왔기에 다시 침착하게 세팅을 계속 진행했다. 누구를 원망할 틈도 없었다. 테이블 위치가 여러 번 바뀌었고, 테이블보가 씌워진 상태에서 위치를 계속 바꾸다 보니 바닥이 보이질 않아 이런 사태가 벌어진 것이었다.

조각난 유리그릇들을 치우고, 테이블 위치를 바로잡고 나니 떨리는 가슴이 조금은 진정이 되었다. 하지만 긴장감은 10배가 된듯했다. 정상적으로 모든 걸 제자리에 잡고 음식을 세팅했다. 대통령이 오신다고 하여 긴장이 된 게 아니라, 실수를 반복하면 안 된다는 생각에 긴장감이 10배가 된 것이다.

기업 담당자들부터 OK!

행사 시작 30분 전, 플라워와 모든 음식 세팅을 다 마쳤다. 청와대에서 오신 분께서 음식이 무엇인지 하나하나 체크를 하셨다. 그리고 먼저 다 시식을 해보셨다. 음식의 맛을 본 것일까, 신선도를 체크하기 위해서였을까? 문득 사극에서 왕이 먹기전에 먼저 음식맛을 보는 기미상궁이 떠올랐다.

청와대에서는 이렇게 하나하나 대통령을 위해 꼼꼼하게 챙기는구나, 라는 생각이 들었다. 이것을 팁으로 작년에 신선도체크박스를 만들었다.

우리의 고객은 대부분 기업담당자이다. 그래서 주문량도 소량이 아닌 대부분 대량으로 주문이 들어온다. 주문한 도시락과 똑같이 하나를 더 만들어 '신선도 체크박스'라는 이름을 붙여 담

2011년 여수복선전철개통식 케이터링.

당자에게 같이 전달한다. 그러면 고객들이 먹기 전에 담당자가 먼저 신선도 체크박스에 들어있는 음식을 먹어본 뒤, 맛과 신선도를 체크하는 거다.

케이터링 행사 때도 마찬가지다. 담당자들에게 먼저 신선도 체크박스를 줘서 그날 세팅된 음식들이 어떤 맛인지, 신선한지 시식해 보도록 한다. 그러고 나서 안심하고 고객들에게 대접할 수 있게 해드리는 거다. 9년 전의 일을 계기로 만들어진 신선도 체크박스는 담당자들에게 반응이 굉장히 좋다.

'멜론'이라는 단어만 듣고도 설레다 ＿＿＿ .

2017년부터 3년째 하게 된 멜론 뮤직어워드 케이터링과 스타일링 행사. 처음 문의가 들어왔을 때 '멜론'이라는 단어만 듣고도 설레었다.

'멜론 뮤직어워드'는 연말 가요 시상식과 같은 행사라서 국내 최고로 손꼽히는 가수들이 출연하기 때문이다. 시상자 또한 현재 가장 인기가 많은 배우가 등장한다.

연말이면 재방송이든 생방송이든 꼭 챙겨봤던 시상식 행사 문의가 들어오다니! 유명 연예인의 시상식을 일하면서 현장에

서 볼 수 있다는 마음에 들떴다.

메일로 대략적인 규모와 요청 사항을 확인해보니, 지금까지의 행사들보다 20배 정도의 큰 규모였다. 함께 할 직원들이 있으니 일단 오케이 했다. 그리고 며칠 뒤, 시상식이 진행될 장소에서 미팅 약속을 잡았다.

이제까지 행사들보다 더 잘하고 싶고, 좀 더 멋지게 보이고 싶은 마음이 있었나 보다.

평소 타지도 않은 남편 차를 빌려 탔다. 차 뚜껑이 열리는 미니쿠퍼였다. 남편이 혼자 서울에 살다가 경기지역으로 대학 강의를 나가게 되었을 때 필요해서 중고로 샀던 차다.

미팅한 날은 아침부터 바빴다. 아니, 2017년 한 해는 다른 때보다 바쁜 한해였다. 초등학교 6학년인 딸이 전교 회장 선거에 출마해서 당선되고 나니, 생각지도 못했던 전교 학부모회장을 맡게 된 것이다. 그리고 3학년이던 막내아들도 덜컥 학급회장 선거에 출마해서 당선되어 둘을 서포트 하면서 회사 일도 하느라 그 어느 때보다 바쁘게 움직였다.

회사 일보다 학교 일이 먼저일 때가 많았다. 학부모 대표를 맡은 자리에서 무책임하게 바쁘다고 빠질 수는 없었다. 그날도 그런 날이었다.

멜론 뮤직어워드 현장에서 미팅하기로 한 날도 오전에 학교에서 회의가 있었다. 그래서 학교 회의에 참가한 뒤, 바로 미팅

kakaomini's present

2017
Melon
Music
Awards

17.12.02 SAT
PM 7:00

장소로 출발해야 하는 상황이었다. 집에서 학교까지 걸어서 10분도 안 되는 거리였지만, 약속에 늦을지도 몰라서 할 수 없이 남편 차를 끌고 나왔다.

'무슨 소리가 난 거지?'

미팅 시간에 늦어지면 안 되기 때문에 회의가 끝나자마자 주차장에서 차를 끌고 나왔다. 그런데 오르막길에서 너무 세게 밟았는지, 무언가 차 아래에서 묵직하게 긁히는 소리가 크게 들렸다.

'무슨 소리가 난 거지?'

한편으론 좀 신경이 쓰였지만, 대수롭지 않게 생각하고 운전을 했다. 차가 안 막혀도 1시간 정도 거리라서 열심히 운전하고 가야 했다.

3분의 2 정도 왔을까.

차에서 계속 이상한 소리가 들리고, 굉장히 뻑뻑한 느낌이었다. 하지만 평소 타지 않았던 차라, '이 차는 원래 이렇게 소리도 나는구나' 하고 지레짐작했다. 그리고 '참 차가 뻑뻑하니 안 나간다'라고 생각하면서 계속 운전해갔던 거 같다.

그러다가 갑자기 여의도 한복판에서 차가 딱 하고 멈추었다. 아무리 시동을 걸어도 꿈쩍 하지 않았다. 뒤에서 차들은 빵빵거리고 난리가 났다.

이게 무슨 일인가.

'시간은 금이다.'

'절대 늦으면 안 된다.'

'상대방이 오기 5분 전에 미리 도착해서 기다리자.'

직원들에게 수도 없이 강조했던 말이다.

2017년 멜론 뮤직어워드 VIP룸—핑크 컬러로 맞춘 플라워와 아이싱 머핀컵.

요란스럽게 스타트를 끊다!

시간이 늦으면 신뢰가 깨진다는 철칙을 세워놓고 있었기에 눈앞이 노래졌다. 직원을 먼저 택시에 태워 미팅 장소로 보냈다. 그리고 남편에게 전화를 걸어 도움을 요청했다.

한참 뒤에 견인차가 도착해서 차를 끌고 갔다. 견인차에 끌려가는 차를 보고, 나도 바로 택시를 타고 미팅 장소로 출발했다. 멋진 모습을 보여주고 싶었던 나의 마음도 몰라주고, 헐레벌떡 택시에서 내리는 꼴이라니!

나중에 안 사실이지만, 학교 주차장에서 나오는 오르막길에서 뭔가 부딪히는 소리가 났던 게 차 바닥에 있는 엔진이 바닥에 긁히면서 터지는 소리였다. 차 수리비로 150만 원이라는 거금이 나왔다.

그렇게 이 행사는 요란스럽게 스타트를 끊었다. 견인차에 끌려간 차 걱정은 뒤로 한 채, 담당자와 미팅을 위해 현장에 집중해야 했다.

2018년
멜론 뮤직어워드
10주년 기념
VIP룸 스타일링.

미리 받은 자료를 보며 고객사에서 원하는 콘셉트에 맞춰 제안해야 할 부분과 동선들을 꼼꼼히 체크해 나가면서 행사의 규모를 체감하기 시작했다. 어느 정도의 규모인지 간단히 말하자면, 케이터링 행사를 하루에 36곳을 해야 하는 것과 같다고 보면 된다. 그 이후로도 멜론 뮤직어워드 행사를 3년째 하고 있다.

행사가 다 끝나고 나니 엄청난 무리였다는 걸 깨달았지만, 힘들었던 기억은 까맣게 잊고 해마다 기다려지는 행사 중 하나가 되었다.

멜론 뮤직어워드에서 _____.

    제안서와 견적서가 짧은 시간에 수없이 오고 간 뒤, 수정에 수정을 거쳐서 드디어 콘셉트가 정해졌다. 고객사에서 원하는 금액도 맞아야 하고, 현장에서 눈으로 보이는 부분도 만족해야 하며, 사진으로 남겨질 부분까지 생각하며 플랜을 세워야 했다.

    행사 전날까지도 변경된 사항이 계속 발생해 견적은 수도 없이 수정되었다. 출연진과 시상자 명단도 정보 누출 우려로 이틀 전에야 받을 수 있었다.

2018년 멜론 뮤직어워드   2019년 멜론 뮤직어워드
10주년 기념 시상자 대기실 스타일링.   시상자 대기실 스타일링.

라인업 명단을 받는 순간, 덩실덩실 춤이 쳐졌다. 시상자가 10팀, 가수 출연진이 17팀이었다. 그 당시 1위부터 17위까지 거의 모든 팀이 출연한다고 보면 되었다.

우리가 해야 할 일은 가수 출연진 대기실과 시상자 대기실 그리고 관계자들의 VIP 라운지에 플라워 스타일링과 케이터링을 준비해두는 일이었다. 리허설부터 실제로 공연하기까지 종일 있어야 할 공간에 연말 파티 분위기를 내면서도 편안한 공간을 연출해야 했다.

무대에 서기까지 얼마나 큰 노력과 긴장이 반복되었을까. 무대에 오르기 전이라도 조금은 마음 편히 쉴 수 있는 공간이 되었으면 하는 마음으로 준비했다. 대기실과 VIP룸이 36군데였기에, 음식 종류와 스타일링 등 항목은 끝이 없었다. 종류 또한 얼마나 많은지, 견적서 파일을 한 페이지 안에 출력하다 보니 글자가 개미처럼 작아 잘 보이지도 않았다.

행사 일주일 전부터 확정된 부분들에 대해서 직원들과 날마다 회의를 했다. 미리 주문해 놓아야 할 용품들과 그날 불러야 할 스텝, 그리고 동선 등 체크를 해야 할 부분이 산더미 같았다.

플라워 스타일링을 위해서는 꽃시장에 몇 시에 가서 몇 시부터 만들어야 하는지, 시간은 어느 정도 걸릴지 하나하나 체크를 해나갔다. 음식 또한 이 정도면 몇 명이면 될지, 몇 시간이 걸릴지 체크를 해야 주방 스텝과 현장에서 일할 스텝도 부를 수 있기 때문이다.

11월은 성수기였기에 멜론 행사만 들어온 게 아니었다. 전날 그리고 그날, 또 그다음 날까지 다른 행사들이 예약되어 있었다. 멜론 행사장에 가 있어야 하는 인원, 사무실 주방에서 다음 날 행사를 준비해야 하는 인원을 나누기 시작했다.

거의 동선과 시간, 인원 파악이 마무리되었고 행사 전날 스타일링과 케이터링 기물들이 모두 옮겨졌다. 트럭에 한가득 싣고도 부족했다. 사무실이 텅 빌 정도로 짐들이 거의 모두 빠져나갔다. 행사장에 오후쯤 도착해서 자정이 다 되어서야 스타일링이 끝났다.

어찌 즐겁지 아니한가!

광주에서 지원군이 올라왔다. 준비하느라 집에도 못 들어갈 상황일 것 같아 아이들을 봐주러 친정 부모님이 올라와 주셨고, 현장 일을 도와주러 베테랑인 친정 언니랑 형부 그리고 광주 직원까지 올라와 주었다. 모두가 합세해서 세팅했는데도 자정이 다 되어 버린 것이다.

다음날 새벽 7시에 현장에 나와야 되니, 몇 시간 못 자고 나와야 할 상황이었다. 다들 고생이 이만저만 아니었다. 세팅해야 할 장소도 많았지만, 동선 또한 어마어마했다. 고척돔 전체를 몇 바퀴나 돌았는지 모른다. 나중에 만보기를 보니 전날은 1만 5천 보, 행사 날에는 2만 보를 넘겼다.

평소 자동차로만 이동하니, 집에서 엘리베이터를 타고 지하 주차장에 내려가서 사무실 주차장에 도착한다. 그 다음에 1층에 있는 사무실에 들어가면 하루 동안 나의 걸음은 1천 보도 되지 않았다. 평소에 운동도 안 한 상태에서 몰아서 일하다 보니 체력에 한계가 올 때가 많았다. 지금은 시간을 일부러 내서 하루에 1만 보씩 걷기를 하고 있지만, 그 당시에는 운동할 겨를도 없었으니까 말이다.

온몸이 부스러지기 직전까지 가면서도 즐거웠던 것은 내일에 대한 기대와 새로운 현장에서의 생동감 때문이다. 리허설을 하러 메인 가수팀이 모두 와 있어서 종일 노랫소리가 들렸다. 고개만 돌리면 무대에서 춤을 추면서 무대 동선을 맞추고 있는 가수들이 보이는데, 어찌 즐겁지 아니한가! 나도 모르게 신이 나서 몸이 들썩들썩하는 걸 보니 아직도 마음만은 어린가 보다.

공연장 내부에서는 무대팀과 조명팀의 스텝들 모두 분주했다. 공연장 밖을 나가 보니, 다음날 공연을 보러 올 팬들이 돗자리를 깔고 이미 자리를 잡았다. 표를 선착순으로 배부받기에, 행사 날 아침까지 최소 12시간은 대기하고 있어야 한다.

이날 날씨는 얼마나 추운지 롱패딩을 입고도 살을 에는 듯했다. 어떻게 내일까지 이 추운 날씨를 버틸까. 그렇게 마무리를

하고 사무실로 돌아와서 다음날 나갈 짐들을 한 번 더 체크를 했다. 그리고 모두 집으로 돌아갔다.

사진은 못 찍었지만, 머리와 마음속에

다음날 새벽같이 모두 집합한 뒤, 스텝 목걸이를 목에 걸고 분주하게 움직이기 시작했다. 공연은 저녁인데, 가수들과 스텝들이 오는 시간이 12시 정도라고 했다. 미리 와서 의상, 헤어메이크업 등 준비할 게 많아 12시 정도에 도착한다고 알려왔다. 그래서 11시까지는 모든 게 '스텐바이' 되어야 했다.

이미 우리 사무실에서 머리를 맞대고 시간 계산을 했는데도 변수가 너무 많이 생겼다. 이동하는 시간이 너무 오래 걸렸고, 출연진 대기실마다 수량이 달라 하나하나 체크를 하면서 음식을 세팅하느라 엄청난 시간이 걸렸다. 스텝들도 다들 분주하게 움직이며 겨우겨우 시간을 맞췄다.

그리고 VIP 대기실에 서 있을 스텝들과 가수 대기실과 연기자 대기실에 서 있을 인원을 나누었다. 연기자 대기실은 모든 연기자와 가수들을 코앞에서 볼 수 있는 장소였다. 멀리서 올라온 광주 직원과 형부에게 그 임무를 맡기고, 친정 언니와 나는 가운데서 연락망 역할을 했다.

그렇게 시간은 흘러갔고, 관중석에 엄청난 인파가 가득 메워지며 공연이 시작되었다. 40년 동안 살면서 연예인을 한 번이나 볼까 말까 한 상황인데 수십 명이 넘는, 그것도 당대 최고 인

2019년 멜론뮤직어워드
방탄소년단 대기실 스타일링.

2019년 멜론뮤직어워드, 빨간 리본으로 꾸며진 관중석 의자.

기 아이돌을 한 공간에서 모두 볼 수 있다니! 꿈만 같았다.

인사들은 또 어찌나 잘하는지, 스텝 명찰을 달고 있으니 허리가 90도로 꺾일 정도로 깍듯이 인사들을 하신다. 영광이어라! 사진은 못 찍었지만, 머리와 마음속에 아직도 그 장면이 남아 있다.

그렇게 전날부터 시작해서 행사 다음 날 새벽 1시가 다 되어서야 마무리가 되었다. 어마어마한 음식물 쓰레기와 일회용 쓰레기 그리고 케이터링 기물을 정리하느라 눈앞이 까매질 정도였다. 이보다 더한 행사는 앞으로 없을 것 같다.

　　그런데 2년 뒤, 이보다 더 큰 상황이 발생했다. 멜론 어워드 행사 전날, 거래처들의 행사예약으로 멜론 규모와 같은 행사를 연달아 이틀 두 번 치르게 된 것이다. 매번 한계를 넘는 일을 하다 보니, 끝이 어디인지 궁금하기도 하다. 직원들이 늘어나니 일을 처리할 수 있는 양이 곱의 수로 늘어났다. 직원이 1명일 때와 8명이 되었을 때 일을 처리할 수 있는 양은 천지 차이였다.

　　멜론 행사와 다른 행사들을 동시에 거대하게 치르고 나자, A4용지보다는 훨씬 컸던 사무실이 다시 턱없이 작고도 작아졌다. 다음 해에 하게 될 여러 행사를 그려 보니, '공간의 제약을 받지 않고 사용할 수 있는 곳은 없을까?'라는 생각이 저절로 떠올랐다. 과연 그런 곳은 없을까?

PART 04

파티를 위한 수업,
누구라도 그러하듯이

Awesome Party

부동산 재테크로
회사 자동차를 마련하다 _____.

　회사를 시작하고 나서 가장 필요했던 게 짐을 운반할 차였다. 테이블과 커다란 상자들을 이동하려면 일반 승용차로는 어림도 없었다. 지방은 서울처럼 퀵서비스와 콜밴이 활성화되지 않아서 행사 때마다 매번 차를 구한다는 게 쉬운 일이 아니었다. 행사에 사용할 물건이 늦게라도 도착하는 날이면 마음을 졸여야 하는 상황도 발생했다.

　가지고 있던 돈으로는 전부 다 사무실 보증금으로 들어가서 수중에는 돈이 없었다. 친정 부모님께 8백만 원을 겨우 빌려 스

2011년 렉서스 고객초청행사 케이터링.

2014년 아우디 광주점 개장식 케이터링.

타렉스 중고차를 하나 매입했다. 짐을 실을 수 있는 트렁크가 얼마나 큰지 2세트를 싣고도 남을 정도였다. 그렇게 스타렉스는 몇 년간을 우리와 함께했다.

한 해, 두 해가 지나면서 행사가 겹치는 날이 많아지다 보니, 차 한 대로는 부족할 때가 여러 번이었다. 차 한 대가 더 필요한 상황이 온 것이다. 짐도 실을 수 있고, 사람도 여러 명 탈 수 있는 조금 큰 차를 구했으면 좋겠다는 생각을 매번 하게 되었다.

스타렉스는 운전석의 옆자리 한 좌석밖에 탈 수 없어, 여러 명이 같이 이동하는 날이면 여러모로 불편했다.

그런데 차를 한 대 더 구하자니 목돈이 들어가는 일이라, 이리저리 머리를 굴려보아도 별 뾰족한 수가 나지 않았다. 그러다 문득 마침 2년 전에 아파트 분양권을 하나 사두었던 일이 떠올랐다.

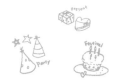

미니쿠퍼 오픈식 행사 크리스마스 콘셉트로 꾸며진 음식과 음료.

미니쿠퍼 오픈식 행사 이온음료로 데코된 바테이블.

'누구든 당첨되어라!'

이 아파트 분양권을 사게 된 계기도 사연이 따로 있다. 나는 한때 아파트 모델하우스를 보러 가는 것을 좋아해서 시간만 나면 검색해보고 자주 다녔다. 모델하우스에 가면 새로운 인테리어와 테이블 소품들이 예쁜 게 많이 데코 되어 있어 일하는 데 많은 도움이 되었기 때문이다. 그리고 그 무렵, 친정집 아파트를 리모델링해야 할 때가 되어서 인테리어 팁을 얻고자 친정엄마와 언니랑도 같이 자주 돌아보았던 거다.

그러던 중, 광주의 수완지구에서 아파트들이 대규모 분양

2011년 미니쿠퍼매장 오픈식 케이터링-샌드위치 꼬치에 하나하나 리본을 묶어 연출.

하기 시작했다. 서울에 비유하자면 미사신도시, 위례신도시, 분당처럼 허허벌판에 새롭게 도시가 계획되어 지어지고 있는 곳이었다.

그 당시 광주의 유명 인사가 수완지구 K 아파트에 살고 있다는 풍문과, 그곳 가격이 가파르게 올랐다는 입소문이 돌기 시작했다. 또 그 K 아파트 맞은편에 D 아파트가 분양을 막 시작했는데, 입지도 좋고 학군도 좋다는 소문이 쫙 퍼졌다. 분양권만

당첨되면 프리미엄까지 붙을 거라는 소문을 들었다. 게다가 그 주변 아파트들이 워낙 초기에 분양가가 낮게 책정되어 몇 달 만에 몇천만 원이 훅 올라 있었다.

청약일이 다가오자, 온 식구가 다 청약을 넣었다.

'누구든 되어라!'

나는 이렇게 마음속으로 기원을 하면서 우리 가족 누구라도 당첨되기를 바랐다. 드디어 당첨일이 되었다. 아, 그런데 세상에 내 이름이 딱 올라와 있는 게 아닌가! 하지만 기쁨도 잠시였다. 분양권이 당첨된다고 하더라도 바로 돈이 들어오는 게 아니었기 때문이다.

계약금을 겨우 마련해서 분양권 계약을 하고, 가끔 시간 날 때마다 그 주변을 둘러보았다. 수완지구에 사무실을 이전해 볼까 생각도 해보고, 학군이 좋다는데 입주 시기에 맞춰 이사를 가볼까도 생각해보았다. 그런데 사무실들은 월세 가격대가 너무 비싸게 형성되어 있었고, 매매는 꿈도 꾸지 못할 정도로 금액이 높았다.

아이들 학군이 좋다고 해서 이사 가면 어떨지 한번 상상해보았다. 그랬더니 우리 집에서 15분 거리에 계시는 친정 부모님이 그동안 아이들을 돌봐주셨는데, 한 시간 가까이 걸리는 그곳까지 오셔서 봐주시기에는 너무 무리였다. 또 내가 아이들을 맡기러 날마다 친정집에 가는 상상을 해보니 그것도 막막했다. 결국엔 입주하려는 생각을 접었다.

BMW 고객 시승행사 케이터링.

똑똑한 자동차 재테크로 이어져

어느덧 시간이 훌쩍 지나 입주 시기가 코앞에 다가왔다. 입주 시기가 다가오는데 잔금을 치르려면 아무리 대출이 나온다고 해도 몇천만 원의 목돈을 구하는 게 쉽지 않았다. 그래서 정리해야겠다는 마음을 먹고 있던 차였다. 부동산을 둘러보니 프리미엄이 꽤 붙어있었다. 층수도 좋고 햇볕도 잘 드는 자리에 있다 보니, 부동산에 내놓자마자 일주일도 안 되어서 팔렸다.

세금을 제외하고 부동산 복비를 빼고 보니 2천만 원이라는 목돈이 생겼다. 집에 있는 자동차를 중고로 처분하고 나서 그 비용도 포함하여 우리는 드디어 원하던 차를 살 수 있었다. 그동안 차가 비좁아서 싣지 못했던 짐도 마음껏 싣고, 사람도 여러 명 탈 수 있는 카니발을 마련했다.

그렇게 마련한 카니발은 지금도 수없이 많은 행사를 나와 함께 다닌다. 2013년 구입했던 거라 이제 조금씩 삐걱거리기 시작하지만, 몇 년 동안 참 많은 일을 했다. 행사에 갈 때마다 차 안에 짐들을 넣을 때면 테트리스 하는 것처럼 차곡차곡 잘 맞춰서 넣어야만 했는데, 정말 많은 짐이 들어갔다.

가끔 행사의 담당자들이 차에서 짐을 내리는 걸 보는 날이면 깜짝깜짝 놀란다. 웬만한 이삿짐만 한 짐들이 끊임없이 나오기 때문이다. 잘만 정리해 넣으면 150인분 케이터링 짐도 넣을 수 있다. 한 해 동안 콜밴으로 이동하는 비용만 2~3천만 원이며, 퀵서비스를 이용하는 비용 또한 2천만 원 정도 된다.

만일 카니발이 없었으면 콜밴과 퀵서비스 비용들이 더욱 늘어났을 것이다. 부동산재테크로 자동차를 구입하고 나니, 자동차가 또 돈을 아껴주는 역할을 톡톡히 해내고 있다.

모델하우스 인테리어 소품 경매 _____ .

내가 광주에서 분양받았던 아파트의 모델하우스가 곧 없어질 예정이란다. 모델하우스 소품들이 경매가 시작될 거라는 알림 문자가 왔다. 사무실 일을 마무리하고 오후 시간에 도착했는데 사람들이 북적북적했다.

예쁘게 인테리어가 되어 있던 평형별 방들의 큼직한 소품은 대부분 철거되어 있었다. 그런데 방문한 사람들이 작은 인테리어 소품들을 막 챙기고 있는 게 아닌가. 갑자기 눈이 번뜩여서 안내원에게 무슨 일인지 물어보러 달려갔다. 저 소품들을 놓칠 수 없었기 때문이다.

2019년 모델하우스 고객초청 행사 케이터링.

큼직하고 값이 나가는 소품들은 내일부터 경매로 낙찰받을 수 있고, 지금 남아 있는 소품들은 다 가져가도 된다는 말을 들었다.

이 무슨 복음인가! 기쁜 소식에 나도 다른 사람들의 대열에 급히 합류했다. 모델하우스의 부엌에는 작은 그릇들, 욕실에는 욕실 소품들, 거실에 놓인 화병들이 그 예쁜 자태를 뽐내며 내 눈길을 사로잡았다. 신발장을 열어보니 신발, 옷장에는 하얀 와이셔츠와 옷걸이 등 소품들이 꽤 많이 남아 있었다. 아파트 평형별 타입이 4개 정도 되다 보니, 평형별로 소품들도 꽤 많았다.

소품들을 챙기며 가만히 옆을 돌아보니, 누군가는 의자를 가져와서 커튼을 떼고 있는 게 아닌가. 전동 드릴로 너무도 숙련되게 떼는 걸 보니, 이렇게 폐기되는 모델하우스만 돌면서 수거하는 업자들인 거 같기도 했다. 언니에게 전화해서 드릴 좀 가지고 당장 현장으로 오라고 불렀다.

미니대만샌드위치.

모델하우스 고객초청 행사 쉬림프부르스게타.

2019년 동탄2신도시 공공분양주택 고객초청설명회 케이터링.

'이게 웬 떡이냐!'

30분도 채 안 되어서 도착한 언니도 흥분하기는 마찬가지였다. 아직도 커튼은 방마다 꽤 많이 남아 있었다. 커튼을 새로 맞추려면 적어도 30만 원에서 50만 원 정도는 하는데, '이게 웬 떡이냐!' 싶었다. 에어컨도 켜있지 않은 한여름, 그곳에서 땀으로 온몸을 목욕하며 언니와 남편과 나, 우리 세 사람은 정신없이 커튼을 떼기 시작했다. 그 결실은 언니 2세트, 나 2세트였다.

소품은 웬만큼 챙겼고, 뭐가 더 없나 싶어 천장을 올려다보니 반짝반짝 샹들리에가 눈에 들어왔다. 저 샹들리에가 집 거실 천장에 걸릴 생각을 하니 거실이 너무도 우아하게 변신할 거 같았다. 남편에게 샹들리에를 가리키며 저걸 뗄 수 있냐고 물었다. 남편은 전기라서 못 뜯는다고 고개를 절레절레 흔들었다. 아쉬움을 남긴 채 샹들리에는 포기하고 나왔지만, 차 안이 소품으로 가득 채워져 뿌듯했다.

아니, 이런 꿀템이 있었던가. 이런 정보를 분양한 사람들만 알 수 있는 건가. 지금까지도 이렇게 현장 철거가 꽤 많이 있었을 텐데, 그럼 그동안 이 수많은 소품은 어떻게 처리되었을까 궁금했다. 하지만 알 도리가 없었다. 회사마다 다 다른 기준이 있기 때문이다.

인테리어 소품을 챙기고 뿌듯한 마음으로 차에 짐을 싣는데, 안내원이 경매 이야기를 했던 게 생각났다. 궁금해서 다시 물어보러 들어가 보니, 소파와 테이블 등 큰 제품들은 낙찰받고 싶은 가격을 제출하고 가면 된다고 했다.

예쁜 소파들이 눈에 들어왔다. 시골에 계시는 시부모님께서 소파가 필요하다는 이야기를 얼핏 들은 적이 있어 3백만 원 상당의 소파를 50만 원에 적고 나왔다. 그리고 더 작은 소품들은 다음날 오후 2시부터 6시까지 현장 경매가 있을 예정이니, 관심 있는 사람은 참여하라는 안내를 받았다.

그런데 다음날, 시부모님께서 병원 일정 때문에 광주에 올라오시는 날이었다. 오전에 병원으로 모시고 가서 진료를 보는 도중에도 경매 현장에 가보고 싶은 마음이 떠나질 않았다.

도저히 안 되겠다 싶어서 시부모님께 경매하는 곳에 같이 가보시자고 말씀드렸다. 그랬더니 두 분 다 흔쾌히 같이 가자고 하셨다. 옆에 시누이들도 있었는데, 점심 식사 후 이 많은 식구가 한꺼번에 모델하우스로 이동을 했다.

단돈 1천 원으로는 살 수 없는 즐거움까지

1층에 들어서니 어제는 보이지도 않던 소품들이 바닥에 가득 깔려 있었다. 종류도 너무나 다양했다. 방석, 쿠션부터 코끼리 동상까지 없는 게 없이 가득했다. 그런데 생각보다 사람들이 너무나도 많이 와서 주최 측에서도 당황하는 듯했다.

참여한 사람들에게 번호표를 딱 한 장씩만 나눠주고, 번호가 당첨되면 나와서 가져가고 싶은 소품을 1천 원 내고 가져가는 방식으로 진행되었다. 배부받은 번호가 늦게 불릴수록 내가 갖고 싶은 소품들은 계속 다른 사람 손에 들려 나가기 시작했다.

그래도 다행인 게 시부모님, 시누이, 시동생, 남편, 나까지 총 8명이 되다 보니 8번의 기회가 생겼다. 각자 번호가 불리면 찜해놓은 소품들을 하나씩 들고 들어왔다. 남편은 블랙 아크릴로 된 커다란 우산꽂이, 난 하얀 대형 접시 세트, 시동생은 우동 그릇 세트, 시부모님은 방석, 쿠션, 시누이는 커다란 화병 등 단돈 1천 원으로는 도저히 살 수 없는 즐거움까지 같이 즐기다 왔다.

그 전날 경매에 참여하느라 내가 써놓았던 소파 가격은 턱없이 부족했다. 낙찰된 가격을 보니 220만 원이었다. 경매가 거의 끝날 무렵, 혹시나 하고 다시 방을 둘러보니 불은 다 꺼져 있었다. 그리고 커튼은 한 장도 남아 있지 않고 텅 비어 있었다.

그런데 어제 내가 갖고 가고 싶었던 그 샹들리에가 어둠 속에 그대로 남아 있는 게 아닌가. 어제는 남편 혼자여서 조금 힘들어 보였지만, 오늘은 시동생도 같이 있으니 뗄 수 있을 거 같아 다시 부탁해 보았다. 뚝딱뚝딱, 30여 분을 씨름하더니 두 손에 들고나오는 게 아닌가!

그렇게 고생해서 가져온 샹들리에는 1년 동안 집을 반짝반짝 빛나게 비춰 주었다. 1년 뒤, 서울로 이사 오면서 전세를 내주고 온 집에 그대로 두고 올 수밖에 없었다. 서울로 이사 갈 집이 전세라서, 기존에 있는 전등을 떼고 샹들리에를 설치할 수 없었기 때문이다.

나머지 소품들은 행사 때 정말 요긴하게 잘 사용하고 있다. 또 커튼도 모델하우스 천장이 높아서 일반 아파트에 달기에는 길이가 조금 길었는데, 수선집에 맡겨서 길이를 딱 맞게 고쳐 아직도 우리집 인테리어를 빛내주고 있다.

SUZUKI 코리아 팬패스트&스즈키배 케이터링.

과일 컵 50개의 교훈 _____ •

4년 전 일이다. 서울에 본사를 오픈하고 1년 정도 지난 뒤였
다. 모터사이클로 유명한 스즈키코리아에서 스즈키 팬페스트&
스즈키배 2전을 열었다. 스즈키 팬페스트(Fan Fest) 행사는 일
본에서 첫 행사가 열린 뒤, 우리나라에서 두 번째로 주최하는
행사였다.

모터사이클 체험이벤트, 레이싱 관람 등 직접 경험할 수 있는

체험행사로 참석 인원만 2,500여 명이 넘을 정도로 큰 행사였다. 우리에게 의뢰가 들어온 건 스즈키 팬페스트 행사에서 마련된 VIP 라운지 공간에 열리는 100여 명 정도의 다과 케이터링이었다.

행사를 의뢰할 때 행사명을 알려주고 가능한지를 묻는 업체도 있고, 장소와 날짜로만 행사 가능 여부를 묻는 경우도 많다. 행사 의뢰가 들어오면 멀어서 못 간다거나, 금액이 적은 행사는 안 받는다거나 이런 일은 없다.

100만 원대 행사예약을 받고 나서 5백만 원대 행사를 못 하는 경우가 발생할 수 있지만, 먼저 문의해 오고 예약한 순서대로 받는 원칙을 지켜왔다. 한번은 어떤 행사인지 알지 못한 채 강원도까지 출장을 올 수 있는지 물어왔는데 가능한 날짜였다. 견적서에 출장비 예산산정을 위해 행사장 주소를 전달받았는데, 강원도 인제라고 했다. 차가 막히지 않으면 1시간 40분 정도, 차가 막히면 2시간 반 이상도 걸리는 거리였다.

스즈키코리아 행사.

BEAT360 기아자동차 브랜드홍보관 오픈식 케이터링.

행사 전날, 미리 스티커와 행사에 필요한 물품들을 준비하고 행사 날 새벽부터 출근해서 음식들을 준비했다. 그 당시 직원이 3명 있을 때였다. 한 명은 그다음 날에 있을 행사 준비를 위해 사무실에 남아 있고, 나머지 직원 두 명과 함께 출발했다.

새로 들어온 지 얼마 되지 않은 직원도 있었고, 1년이 되어서 익숙한 직원도 있었다. 실수할 때도 있고 준비물을 깜박하고 몇 가지 빠뜨릴 때도 있었지만, 대체로 서울 시내에서의 행사였기에 근처 편의점이나 마트에서 대체할 수 있었다.

그런데 이번 행사는 산골 오지였다. 근처에 마트를 찾기도 힘든 장소. 또한, 일단 사무실에서 거리가 멀었기 때문에 사무실로 다시 돌아올 수 있는 거리가 아니라서 꽤 꼼꼼히 챙기지 않으면 안 되었다. 하나하나 몇 번씩 확인해가며 정말 완벽하다 싶을 정도로 체크를 하면서 짐을 챙겼다.

예감은 어찌나 잘 맞는지

우리는 행사 준비 시간보다 조금 일찍 행사장에 도착하여 여유 있게 준비를 시작했다. 행사장에 도착하면 제일 먼저 하는 일이 입구에서 들어왔을 때 가장 잘 보이고 효과적인 자리에 테이블을 배치하는 일이다.

케이터링 테이블은 단순히 음식만 세팅하는 게 아니다. 꽃과 소품들, 그리고 예쁜 접시와 음식 등이 테이블에 예쁘게 데코레이션 되어 공간을 따로 꾸미지 않아도 꾸민 효과를 낼 수 있도록 해야 한다.

이런 세팅 효과로 고객들은 소중한 공간에 초대받는 느낌을 받는 것이다. 이처럼 케이터링 테이블 위치는 정말 중요해서 입구에 들어왔을 때 가장 잘 보이는 곳에 배치한다.

그날도 테이블 위치를 잡고 테이블보를 씌운 뒤, 소품들과 꽃을 세팅하고 제일 마지막에 음식을 세팅하고 있었다. 음식을 미리 세팅해 놓으면 아이스박스에서 나와 있는 시간이 길어져 음식의 온도변화 때문에 신선도가 떨어지고 음식이 상할 위험이 있다. 그래서 세팅 시간에 맞춰 실온에 오래 놔두어도 괜찮은 음식만 먼저 차례대로 세팅했다. 100인분의 음식을 의뢰했기에 음식이 담긴 아이스박스가 무척 많았다. 게다가 아이스박스들이 서로 뒤섞여 있어 평소보다 시간이 오래 걸렸다. 그런데 한 상자씩 확인해가며 음식을 세팅하는데 과일 컵 수량이 부족해 보였다.

아직 음식이 다 세팅되기 전이고, 오픈되지 않은 상자도 몇 개 더 있었기에 설마 했다. 그렇게 꼼꼼히 챙겼는데 설마 없을 리가 없다고 생각했다. 그러나 어쩐지 불길한 마음에 아이스박스를 하나하나 확인하기 시작했다. 과연 과일 컵이 담긴 상자 하나가 보이질 않았다.

행사장 세팅 장소와 차량에서 짐을 내린 장소가 워낙 멀었고, 한 번에 짐을 나를 만한 양이 아니었기에 짐을 내릴 때 빠트렸나 보다 했다. 직원들에게 처음 짐을 내렸던 곳에 가서 빨리 확인해보라고 했다. 예감이 자꾸 불길했다.

그 자리에 달려가서 확인해보고 아이스박스를 몇 번이고 확인해봤지만 보이질 않았다. 사무실에 대기하고 있는 직원에게 혹시나 하고 전화했는데, 세상에! 냉장고에 덩그러니 과일 상자 한 개가 있다는 게 아닌가.

마음 졸이던 시간이 지나고

행사가 시작하려면 아직 1시간 30분 정도 남았다. 차가 막히지 않으면 행사가 시작하는 시간에 딱 맞춰 도착할 수 있을 것 같았다. 냉장고에서 아이스박스를 챙겨 짐을 실었던 직원의 얼

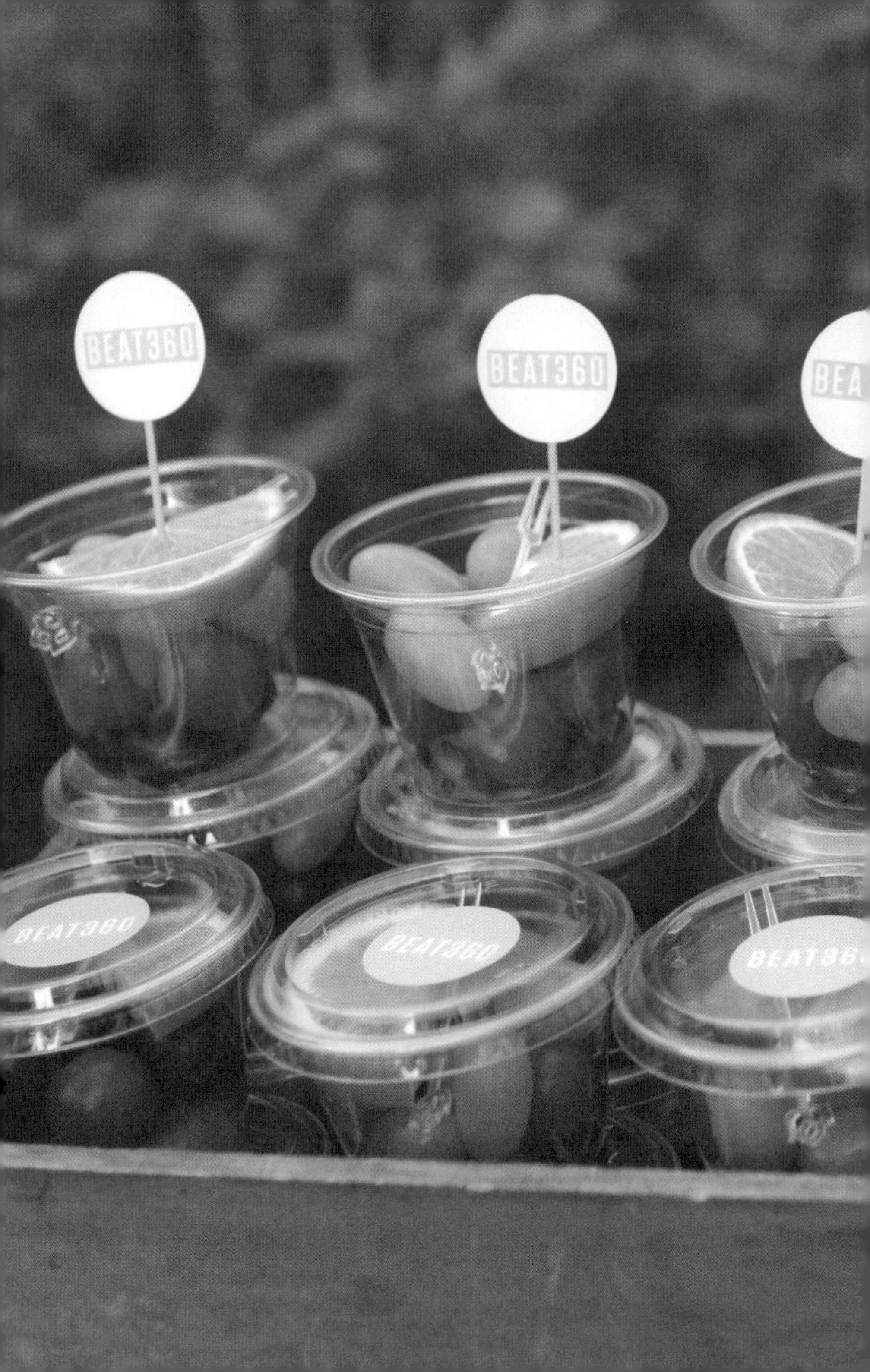
BEAT360
BEAT360
BEAT360
BEAT360

BEAT360 기아자동차의 '상상과 영감의 공간' 오픈식 케이터링.

굴은 이미 붉으락푸르락 어찌할 바를 몰랐다. 뭐라고 할 시간도 없었다. 그렇게 꼼꼼하게 챙겼다고 생각했는데 암담했다.

퀵서비스 업체에 바로 전화해서 매우 급한 건이니 무슨 일이 있어도 지금 바로 출발해 달라고 요청을 했다. 그런데 서울 시내 가까운 곳도 아니고, 강원도 인제까지 바로 출발할 기사가 없을 거 같다며 조금 기다려달라고 했다. 다행인지 10분도 안 되어서 퀵서비스 기사님이 배정되어 출발했다는 소식이 들려왔다.

이제 1시간 30분은 기다려야 했다.

'제발 차만 막히지 말아 주었으면!'

행사 담당자에게 VIP 고객들이 도착하는 시간은 언제인지, 도착 후 음식은 몇 시부터 드시는지 체크를 했다. 그런데 한꺼번에 100명이 다 들어오지 않고, 체험행사가 끝난 뒤 차례대로 들어온다는 상황을 확인했다.

대체할 시간은 충분했다. 다행이었다. 50인분의 음식이 다 소진되는 시간이 적어도 2~30분은 걸릴 거라, 그 뒤에 부족한 과일 컵을 세팅해도 늦지 않으리라.

1시간 30분이 지난 후, 퀵서비스 업체에서 도착했다는 연락을 받았다. 차가 막히지 않았나 보다. 아이스박스를 받으러 1층에 내려갔는데, 세상에! 퀵서비스 업체 사장님이 직접 와주셨다. 주말이었는데도 급한 상황을 파악하고 퀵 기사님을 배차하기에는 적어도 2~30분이 더 소요됨을 감지해서 내린 판단이었다. 자가용으로 직접 갖다 주러 오신 거였다.

정말 감사했다. 감사 인사를 몇 번이고 드렸는지 모른다. 그다음은 그냥 술술 흘러갔다. 차질 없이 음식을 세팅하고 행사는 마무리가 잘되었다.

마음 졸였던 일을 생각하니 화가 났지만, 실수한 직원은 나보다 얼마나 더 마음을 졸였을지 안다. 고개를 들지 못하고 있으니 말이다. 다음번에 똑같은 실수는 절대 하지 마라고 말해주었다. 스스로 잘못한 걸 뼈저리게 느꼈을 테니 됐다고 했다. 그런데 나중에 청구된 퀵비용 15만 원을 보니 속이 쓰렸다.

새벽같이 일어나 잠도 제대로 못 자고 그렇게 고생했는데 이익이 남아야 하지 않겠는가. 앞으로도 계속 이런 실수가 일어나지 않게 하기 위해서는 특단의 조치가 필요했다. 이 일이 있고 바로 시행되지는 않았지만, 조금씩 보완하면서 만들어진 게 있다. 행사에 필요한 물품 목록을 문서로 만든 체크리스트이다. 나무젓가락, 포크, 물티슈 등등 소소하게 놔두고 오는 물품들도 꼼꼼하게 체크리스트에 따라 확인하며 준비를 하다 보니 이제는 거의 실수가 없다.

눈물 나게 힘들었던 출판기념회 _____ .

    2016년 9월, 대구에서 출판기념회가 있었다. 이 당시 기억을 자세히 떠올리려 사진을 찾아보니 힘들었던 장면이 다시 떠올라서 마음이 쓰라리다.

    직원이 3명 있었을 때다. 연말이라 행사는 끊임없이 밀려들어 왔고, 매일 밤낮 없이 일해야 했던 시기였다. 대구에서 유명하신 의사 선생님의 출판기념회 의뢰가 들어왔다. 입구 스타일

마이크로소프트 케이터링.

링부터 테이블 생화 장식과 케이터링까지 규모가 꽤 컸다.

당시 지방에도 케이터링 업체가 있었지만, 여러 기업의 행사를 진행해온 우리와 함께하고 싶어 하셨고 기대도 많이 하셨다. 확정이 되기까지 수많은 메일이 오갔고, 이것저것 옵션들이 많이 추가되어 견적도 만만치 않았다. 확정되기까지는 조금 시간이 걸렸고, 확정이 안 될지도 모르는 상황이 50 대 50이었기에 다른 행사예약을 안 받을 수도 없었다.

그러다가 확정이 되고 나니, 심장이 쿵! 했다. 조금 일찍 확정되었더라면 다른 행사를 받지 않고 이 행사에 모두 같이 집중할 수 있었을 텐데. 대구에 내려가서 그 큰 행사를 치를 수 있는 인원이 나와 직원 한 명뿐이었다.

나머지 직원들은 서울에서 다른 행사에 배정되어 있어서 같이 갈 수 없었다. 규모는 점점 커지고 있고, 예약받아 놓은 다른 행사를 취소할 수도 없었다. 스타일링까지 준비해야 해서 행사 전날에 내려가야만 했다. 서울에서 가까웠으면 좋았으련만. 차가 막히지 않아도 5시간은 잡아야 했다.

그렇게 행사를 미리 준비하기 위해 물품들도 사놓고, 원하는 콘셉트에 맞춰 스타일링 소품들도 준비해나갔다. 행사가 많아질수록 행사에 가져갈 수 있는 소품이 줄어들었다. 소품은 제한되어 있는데, 행사가 여러 군데라 나누어서 가져가야 하는 상황이었다. 부족하다고 다 살 수도 없는 노릇이다. 각자의 아이디

대구 출판기념회 케이터링.

어로 최대한 풍성하고 멋지게 연출해야만 했다.

그날도 야근하고 돌아와 새벽에 잠이 들었다. 새벽 4시였다. 알람인 줄 알고 들었던 전화기 너머로 다급한 목소리가 들려왔다.

"도와주세요! 엉엉, 대표님. 도와주세요, 엉엉엉……."

집에서 15분 정도 거리에서 자취하던 직원의 무척이나 다급하고 울음 섞인 목소리였다. 남편과 나는 그대로 달려나갔다. 심장이 너무 떨려 쿵쾅거림이 멈추질 않았다.

행사 바로 전날 일어난 '대형 사고'

'아무 일도 없어야 할 텐데. 무슨 일인 걸까.'

나는 그곳에 도착하는 동안 별별 생각이 다 들었다. 그렇게 직원의 집 앞에 도착해보니 소방차 2대가 앞을 다 가로막고 서 있었다. 직원이 살고 있던 곳에서 불이 난 상황이었다는 걸 직감적으로 알 수 있었다.

너무 놀라 4층까지 한걸음에 달려 올라가 보니 천장은 까맣게 다 그을렸고 바닥은 물바다가 되어 있었다. 울고 있던 직원을 다독이고 당시 상황을 들어보니 초를 만들다가 그만 잠이 들었다고 한다. 눈을 떴을 때는 벌써 천장이 다 그을린 상태였고 벽에도 불이 막 붙기 시작할 때였는데, 다행히 큰불로 번지기 전에 119 소방차가 도착해서 수습된 상황이었다.

실수로 생긴 불이란 걸 확인한 후 소방서에서도 돌아갔고, 5층에 살고 계셨던 건물 주인분들께서도 다들 돌아가셨다. 그분들은 우리보다 더 놀라셨을 거다. 자칫 큰불로 이어질 수 있는 일이었기에 말이다.

다들 돌아가고 난 그곳은 정말 처참했다. 일단 물바다가 된 바닥부터 정리해야 했다. 같이 걸레로 닦아 물을 짜면서 대충 수습하다 보니 직원의 친한 친구가 도착했다. 집 정리보다는 옆에서 마음을 안정시켜줄 친구가 더 필요한 듯 보였다.

그날도 다른 행사를 준비해야 했기에 어느 정도 정리를 하고 돌아왔다. 직원은 우리 회사에 다니면서 그 당시 소이캔들을 만들어 파는 일을 별도로 하고 있었다. 워낙 열심히 사는 아이라 바쁜 회사 일정 속에서도 틈이 날 때마다 무언가를 하고 있었다. 판매까지 하고 있으니 솜씨는 수준급이었다.

며칠 뒤 대구에서 하는 행사가 워낙 크다 보니 소품들도 부족하면 안 될 거 같고, 멋지게 하고 싶은 마음에 대구에서 쓸 캔들을 와인 잔에 만들기 시작했다고 한다. 이렇게 대구 행사는 준비하는 부분부터 대형 사고를 스쳐 지나갔다. 그리고 우리는 행사 전날 오전에 대구로 출발했다.

생화를 장식할 꽃의 양이 너무도 많아 서울에서 사서 내려갈 수 없었다. 차에는 이미 다른 소품들이 가득 실려 있어서 대구에서 사야만 했다. 짐을 현장에 다 내려놓고 대구에 있는 생화 시장을 겨우 찾아서 문 닫기 15분 전에야 도착할 수 있었다. 조금만 늦었더라도 꽃을 못 살 뻔했는데, 거기다가 가격은 서울보다 두 배는 비쌌고 종류도 얼마 없었다.

콘셉트에 맞춰 꽃을 사고, 현장에 돌아와 스타일링 작업을 시작했다. 천장과 벽에 전구 작업을 마치고 나니 밤 10시가 다 되었다. 나머지 소품 장식을 끝마쳤을 때는 12시가 훌쩍 넘은 시간이었다.

다음날 새벽에 나와서 다시 작업을 계속하기로 하고 근처에

마이크로소프트 Surface Pro4 런칭파티.

face

있는 숙소를 잡으러 밖에 나왔다. 그런데 비까지 몹시 내려서 처음 와봤던 이 도시는 참 어둡고 무서운 느낌이었다.

정신이 혼미해질 정도로

행사 날이 되었다. 테이블과 의자 등 렌탈 물품과 나머지 소품들이 잔뜩 실린 차량 2대가 도착하고 나니 해야 할 일이 산더미였다. 행사시간에 맞춰 준비하기 위해 음식이 도착하는 시간도 확인하고 스텝들 동선도 체크했다. 그러면서 직원과 나는 세팅이 전부 완료되기 전까지 정신이 혼미해질 정도로 분주하게 움직였다. 몸이 부서지기 일보 직전이라고 해도 과언이 아니었다.

무사히 시간에 맞춰 세팅을 완료하고 나니, 그제야 물 한 모금 마실 여유가 잠깐 생겼다. 행사의 관계자분들은 모두 만족한 표정을 지었다.

그런데 딱 한 분, 바로 출장뷔페 사장님께서 고생해서 차려놓은 음식들을 보고 "별거 아니네요"라고 한마디 툭 던지고 가셨다. 그때의 그 기분은 잊을 수 없다. 원래는 그 출장뷔페 사장님께서 준비하기로 하셨던 부분이었는데, 우리에게 의뢰해서 기분이 언짢을 수도 있다. 그런데 그렇게 앞에 대놓고 말씀하시다니…….

기운이 다 빠졌다. 장장 1박 2일에 걸쳐 고생했던 나와 직원의 노력이 허무하게 느껴질 정도였지만, 다른 분들의 감사 인사로 대신 위안을 삼았다.

출판기념회가 시작되고 나서 가수가 올 거라는 이야기가 들려왔다. 그 장소는 무대 공간이 마련될 정도로 아주 컸다. 리허설은 따로 없었기에 누가 오는 지는 몰랐다. 그런데 꽤 유명한 여자가수가 와서 깜짝 놀랐다. 가까이서 공연을 보고 라이브를 들으니 힘들었던 마음이 그제야 조금은 풀렸다.

그렇게 행사는 자정이 다 되어서 끝이 났다. 짐을 정리하고 마무리하니 새벽 2시가 다 되었다. 새벽 2시에 출발해서 무려 5시간을 운전해서 서울로 출발해야 했다. 눈앞이 캄캄했다. 다음 날도 해야 할 일이 있어 하루를 더 자고 올라갈 수 없었기 때문이다.

그렇게 무리해서 출발을 했던 나는 졸음운전이 얼마나 위험하고 무서운지 뼈저리게 느꼈다. 휴게소마다 들러 감기는 눈꺼풀을 억지로 떠야 했고, 커피와 음료를 먹어가며 겨우겨우 운전했다. 그러다가 아차! 하는 순간이 발생했다.

터널을 지나 나오는 순간 무언가 '턱!'하고 긁히는 소리가 났다. 무엇이었을까. 새벽이라 앞뒤로 차는 한 대도 오지 않았기에 차량과의 접촉은 아니었다. 그렇다고 동물도 아닌 것 같았다. 휴게소에서 차를 세워 살펴보니 바퀴 휠이 심하게 긁혀있었다. 순간 졸아서 중심을 잃고 돌에 스쳐 지나갔나 보다. 바퀴에

펑크가 안 난 게 다행이었다.

겨우겨우 운전해서 서울에 도착한 시간은 오전 10시.

나는 살아있었다!

무사히 돌아왔다. 우리 직원들과 모두 다 같이 갔더라면 서로 의지하며 거뜬히 해냈을 텐데, 엄청난 양의 일들을 서로 나누었더라면 부담이 덜 갔을 텐데, 하는 아쉬움이 들었다. 서울에서도 대구로 행사를 하러 가버린 우리의 도움 없이 힘들게 행사를 치러야만 했다. 하지만 그 어려운 일을 우리가 무사히 잘 해낼 수 있어서 한편으로는 무척 뿌듯했다.

이날 우리는 얼마나 성장해 버린 걸까? 경험은 무시할 수 없다. 이날 이후 들어오는 행사들은 거의 다 '누워서 떡 먹기'가 되어버렸으니 말이다.

녹색어머니회 조끼와 깃발 _____ •

　서울로 이사 와서 둘째 아이가 초등학교 1학년에 입학했다. 입학할 당시에는 서울점을 열기 전이라 시간의 여유가 조금 있었다. 그래서 학교 봉사를 많이 맡아 했다. 도서관 봉사, 아이들 책 읽어주기, 녹색어머니회 등등.

5주년 기념 사내행사 케이터링.

녹색어머니회는 아이들이 등교할 때 건널목에서 아이들이 안전하게 길을 건널 수 있게 보호해주는 안전 지킴이 역할을 한다. 학교마다 다르지만, 우리 학교는 한 학기에 한 차례씩 약 5일 정도 봉사를 했다.

서울점을 오픈하고 막 바빠지기 시작했을 때 내 차례가 돌아왔다. 아침에 아이들이 학교에 가기 전, 조금 일찍 나와 40분 정도만 봉사하면 되는 간단한 일이었다. 아침에도 일은 있었지만, 직원들에게 맡기고 봉사를 나올 수 있는 정도였다.

5일째 되는 마지막 날이었다. 이날도 오전에 여의도에서 행사가 있었다. 직원들이 7시에 사무실을 출발해서 세팅을 막 시작한 시간이기도 했다. 나는 학교에 도착해서 녹색어머니회 노란색 조끼를 걸치고 노란 깃발을 들고나와 건널목에 자리를 잡았다. 교통지도를 막 시작할 즈음이었다.

직원에게서 전화가 왔다. 전화벨 소리에 심장부터 떨렸다. 어제 분명 꼼꼼하게 다 챙겼는데, 케이크가 안 보인다고 한다. 회사 기념일 행사여서 특별하게 주문한 슈가케이크였다. 기념일 숫자 '5'를 만들어놓은 슈가케이크였는데, 그날의 하이라이트라고도 할 수 있을 만큼 중요했다.

땀으로 목욕을 하면서

녹색어머니회 봉사를 시작하고 막 10분 정도 지난 시간이었고, 내 차는 직원들이 행사장에 타고 가버려서 차도 없었다. 학교에서 사무실까지는 전력 질주로 달려간다면 대략 15분 정도 걸리는 거리였다.

같이 봉사했던 같은 반 엄마에게 정말 미안하다고, 너무 급한 일이 생겼다고 양해를 구했다. 조끼와 깃발을 학교에 갖다 놓을 시간도 없었다. 녹색어머니회 조끼는 그대로 입고, 깃발도 그대로 든 채 마구 뛰어갔다. 사무실까지 땀으로 목욕을 한 상태로 도착하니, 급하게 부른 퀵서비스 기사님도 막 도착하셨다.

사무실을 둘러보니 책장 제일 위에 케이크가 덩그러니 놓여 있다. 잘 챙겨 놓았다면서 눈높이에도 잘 안 보이는 곳에 왜 올려놓은 건지. 나중에 듣고 보니, 사무실 책상이며 바닥에는 행사 갈 짐으로 가득 차서 놔둘 곳이 마땅치 않았다고 한다. 케이크가 서로 부딪혀 혹시라도 으깨어질 것 같아서 올려놓았다고 한다.

그걸 깜박 잊은 채, 놔두고 그대로 출발하다니! 슈가케이크가 조금이라도 다칠세라, 뽁뽁이로 꼼꼼하게 깨지지 않게 포장을 한 뒤, 퀵서비스 기사님께 고이 전달했다. 차가 막힐 시간이라서 오토바이가 더 낫겠다 싶어 오토바이를 불렀는데, 다행히 시간에 맞춰 잘 도착했다고 한다.

하필이면 봉사 마지막 날에

케이크가 무사히 도착했다고 하니, 그제야 노란 조끼와 노란 깃발이 눈에 들어왔다. 한숨이 절로 나왔다.

'하필이면 봉사 마지막 날에 이럴 게 뭐람!'

그 타이밍이 몹시도 야속했지만, 조끼와 깃발을 학교에 갖다 놓지도 못한 채 난 오후 행사를 준비하기 시작했다. 아무런 전

무사히 올려진 슈가케이크 위의 숫자 5.

화가 없어서 오전 행사는 잘 끝났나 보다 생각했는데, 행사 갔다가 돌아온 직원 얼굴이 울상이다. 무슨 일이 있었냐고 물었더니, 슈가케이크 숫자가 금이 가 있었다고 한다. 세팅하고 나니, 금이 가 있는 상태에서 숫자가 더 못 버티고 부러져버렸다는 거다.

다행히 담당자는 멀쩡한 상태의 케이크를 먼저 봐서 처음부터 깨져있지 않다는 것을 알았지만, 중간에 부러진 건 어찌

한국다케다제약 30주년 기념행사 케이터링.

됐든 잘못 보관한 우리의 부주의함 때문에 생긴 일이다. 오토바이로 이동하다 보니, 덜컹덜컹 마찰이 많이 생겨 금이 가기 시작한 거 같다. 사진에는 예쁘게 그 모습이 남았지만, 마지막까지 잘 못 버텨준 케이크를 담당자가 봐버렸기에 연신 죄송하다고 말하면서 돌아왔다고 한다.

하지만 두 번째 하이라이트였던 아이싱 머핀 탑 연출은 담당자가 원하는 대로 성공적인 연출이 되어서 실수를 조금은 만회할 수 있었다고 한다. 모든 게 완벽하게 준비되어 최고의 설렘과 만족을 줄 수 있었다면 얼마나 좋았을까 하는 생각이 든다.

시간에 맞춰 도착해야 한다는 생각에 제품이 망가질 거라는 생각은 못 하고, 오토바이 퀵서비스를 부른 게 잘못이다. 꼼꼼하게 잘 포장하면 무사히 도착할 줄 알았다. 잠시 방심을 한 거였다. 이후 우리는 작은 소품들을 제외하고는 모두 다 오토바이가 아니라, 퀵서비스 다마스 차량을 이용한다. 역시 사람은 실수에서 더 많은 걸 배우는가 보다.

PART 05

어썸파티,
그 화려한 비상을 위하여

Awesome Party

민달팽이 사건 _____ .

서울에서 오픈하고 얼마 되지 않은 날이었다. 물티슈를 꼭 보내 달라는 업체에 물티슈를 빠뜨리고 직원이 퀵서비스 배송을 보내버렸다. 1시간 20분 정도 가야 하는 거리였다. 외진 곳이라서 담당자가 사러 갈 곳도 없다며 물티슈를 꼭 부탁했는데, 왜 빠뜨리고 보냈냐며 원망의 전화가 왔다. 빨리 해결해달라고 한다. 퀵서비스를 불러도 배차되는데 한참이 걸릴 텐데. 거리가 먼 곳이라 직접 갖다 줄 수도 없는 상황이었다.

어떻게 해결했을까.

콜택시를 불렀다. 단돈 1천 원짜리 물티슈를 택시비 44,000원을 들여 물티슈만 택시에 실어 보낸 적이 있다. 담당자에게 전해달라고 말이다. 택시비가 아까워 아직도 생각이 난다.

이 일이 있고 난 뒤, 4년이 흐른 아주 바쁜 달이었다. 행사가 많아질수록 꼼꼼하게 하나하나 체크를 하고 더욱 신경 써야 했다. 그런데 그날 또 사건이 터지고 말았다.

행사가 갑자기 많은 날이면 주방 스텝, 행사 스텝 등 인원도 많아진다. 기존 고객들이 우리 어썸파티를 다시 찾아 재주문하는 이유는 음식과 포장을 세심하게 하기 때문이다. 주방 스텝들

동화기업, 닥터자르트, 벤츠 케이터링박스.

이 오면 가장 기본적인 채소 다듬기, 과일 다듬기 등 기초 작업을 먼저 시킨다. 이렇게 밑 작업이 끝나면 직원들의 지시로 같이 포장에 들어간다.

끝없는 기다림의 시간을 넘어

그날도 어김없이 분주하면서도 꼼꼼하게 빠뜨리지 않고 신선한 제품들을 준비했다. 그리하여 새벽부터 저녁 늦게까지 고객이 원하는 시간대에 맞춰 퀵서비스로 배송이 시작되었다. 직원들은 각자의 맡은 분야에서 최선을 다해가면서 열심히 일했다. 나는 그날 세무서에 서류를 제출할 게 많아서, 구청과 등기소 등 여기저기 왔다 갔다 하고 있었다.

배송이 여러 건 출발을 했다. 또 행사하러 출발한 팀도 있었고, 행사가 마무리되어 돌아오고 있는 팀도 있었다. 그런데 갑자기 팀장에게서 전화가 왔다. 울먹이는 목소리로 "대표님, 큰일 났어요!" 하며 난리가 났다.

무슨 일이냐고 물었더니, 지난 2년간 2~3주에 한 번씩 VIP 고객 초청 행사 때마다 계속 주문을 했던 의류브랜드 업체에서 전화가 왔다고 한다. 오늘 보낸 케이터링 상자에서 문제가 생긴 것이다. 한 고객의 샐러드에 들어간 양상추에서 민달팽이가 나왔다며, 그 모습을 찍은 사진을 보내왔다고 한다.

지엘 케이터링박스.

갑자기 머릿속이 하얘졌다. 그 순간, 수만 가지 생각이 스쳐 지나갔다. 가장 먼저 민달팽이를 보고 소스라치게 놀랐을 고객의 모습이 떠올랐고, 우리를 믿고 맡겼던 담당자의 난처해하는 모습이 스쳤다. 윗선에서 담당자에게 불같이 화내는 모습을 생각하니까, 빨리 수습하지 않으면 안 될 거 같았다.

민달팽이를 받아든 고객 집에 찾아가 죄송하다고 해야 하나, 다시 음식을 만들어서 보내드려야 하나, 정말 짧은 순간이었지만 쿵쾅대는 가슴을 부여잡고 해결책을 찾기 위해 애썼다. 강의하러 가서 옆에도 없는 남편에게 전화했다. 하지만 거기서도 뾰족한 해결 방법은 나오지 않았다.

남편에게서 '민달팽이는 약을 치지 않는 깨끗한 채소에서만 나온다'라는 말도 안 되는 소리를 듣고 전화를 끊었다. 양상추가 친환경이라서 그렇다는 말이 통하겠는가. 제대로 밑 작업을 못 해서 그걸 발견하지 못한 우리에게 잘못이 있는 거지.

그날 50만 원 정도의 케이터링 상자가 배송되었는데, 전부 돈을 돌려주기로 결론을 내렸다. 일이 발생한 지 20분도 채 안 되는 시간이었다. 내게는 이 사건을 해결해야 하는 너무나도 짧은 시간이었지만, 답변을 기다리는 담당자에게는 끝없는 기다림의 시간이었을 거다. 그 담당자도 어찌 됐든 이 사태를 빨리 해결해야 했으니까 말이다.

'어떻게 해결했을까?'

그렇게 팀장에게 전달하고 나니, 한참 뒤 다시 연락이 왔다. 이미 결제가 끝난 상태라서 다음번 주문할 때 오늘 주문했던 금액만큼 서비스로 준비해주겠다고 이야기가 마무리되었다고 했다. 그렇게 담당자하고는 일단락되고 난 뒤, 갑자기 누가 양상추를 제대로 씻지도 않고 이런 사태를 만들었는지 화가 나기 시

삼성Within, 에스티로더, 이케아, 불스원 케이터링박스.

테슬라, 파파레시피 케이터링박스.

작했다.

　주방에서 샐러드를 만든 사람이 도대체 누구였는지 확인해 보려고 했더니, 그것도 찾기가 쉽지 않았다. 이날 워낙 많은 양의 샐러드를 만들어서 양상추를 씻은 사람도 한둘이 아니었고, 샐러드를 만든 사람도 여럿이었기 때문이다. 할 수 없이 앞으로 이런 일은 다시 발생하지 않도록 제발 꼼꼼히 잘 살펴보면서 하자고 마무리 지었다.

밑 작업을 하면서 양상추에서 민달팽이를 본 적은 지난 10년 동안 한 번도 없었다. 양상추는 보통 상추와 달리 비닐랩에 꼼꼼하게 싸져 밀봉되어 오기 때문에 살아있기도 힘든 환경이다.

저녁이 되어서 그날 일어난 일을 다시 돌아보니, 다른 업체들은 이런 일이 발생했을 때 '어떻게 해결했을까?' 궁금했다. 하지만 민달팽이가 나왔다는 것이 창피해서 물어보지도 못하겠다.

'100% 환불'만이 정답이었을까?

한 달 뒤, 그 브랜드 담당자가 재주문을 하고 그 다음번에도 계속 주문을 해주었다. 그제야 그때의 일이 100% 정답은 아니었겠지만, 계속되는 믿음을 줄 방법 중에 내가 할 수 있는 최선이었을 거라는 생각이 들었다.

'앞으로도 이런 일이 만약에 발생하면 어떻게 해야 할까'라는 생각은 한 적이 없다. 민달팽이가 양상추에 붙어 샐러드에 들어갈 일은 이젠 절대로 없을 테니 말이다!

서울문화재단 케이터링박스.

어썸파티 사옥의 꿈 _____ .

　부동산의 단위가 다른 서울에 본사를 설립하고서 가장 적응하기 힘들었던 부분이 비싼 월세와 비교해서 너무나도 좁은 공간이었다. 광주지점만큼 넓은 공간을 구하기 위해서는 월세를 7배는 더 줘야 했으니 꿈도 못 꿀 일이었다. 아직 매출이 확실하지 않은 상황에서 모험을 선택하는 건 무리였다. 그랬기에 감당할 수 있는 범위에서 시작해서 조금씩 늘려가는 방법을 택했다.

　부동산 월세 계약은 2년 단위로 이루어졌다. 처음 방이동의 작은 공간을 계약하고서 2년 뒤에는 꼭 사옥을 마련해야겠다는 꿈을 안고 정말 열심히 달렸다. 운이 좋아 기업행사를 1년에 3~400개 정도 하게 되었고, 돈을 꽤 모은 듯했다.

　수중에 가지고 있는 돈으로 서울 본사를 오픈한 지 1년이 되던 날부터 부동산을 알아보기 시작했다. 지금부터 알아봐야 월세 만료가 되기 3개월 전에는 건물주에게 계약만료를 알릴 수 있을 테니까.

　여기저기 돌아다녀 봐도 수중에 가지고 있는 돈으로 사옥을 마련하기에는 턱없이 부족했다. 마음에 드는 30평 정도의 3층

2020년, 새로 이전한 어썸파티 서울 본사.

건물이 나타났는데, 대출한도를 알아보니 40% 정도 나온다고 했다. 그 건물가격은 8억 정도였다. 40%면 현금으로 5억은 있어야 했고, 여기에 부동산 복비와 취득세 그리고 인테리어 비용까지 합하면 6억에서 6억 5천은 들고 있어야 그 건물을 살 수 있었다. 법인과 개인은 별개라서, 아직 매출이 높지 않은 법인의 한도는 한없이 낮기만 했다. 그렇게 3층 건물은 물 건너갔다.

문정동에 한창 지식산업센터가 막 들어서기 시작하던 때였다. 메일로, 혹은 전단지로 광고도 정말 많이 왔다.

대출 80%, 법인세와 취득세 50% 면제!

'아니, 이렇게 좋은 조건이 있다니!'

나는 환호성을 지르며 인터넷에서 검색해서 부동산을 한군데 골라 찾아가 봤다. 그런데 분양은 벌써 끝나서 프리미엄을 주고 사야만 할 물건밖에 없다고 했다. 가격 또한 생각했던 것보다 높았다. 서울로 이전한 지도 5년 미만이라, 취득세와 법인세 적용은 받지 못하는 조건이라고 했다.

부동산업자가 적극적으로 팔려고 하지 않는 모습을 보니, '아, 여기는 아닌가'라는 생각을 했다. 어차피 80% 대출이 나온다고 해도 금액은 아주 부족한 상황이라 힘없이 돌아온 기억이 난다.

어썸파티 광주점.

80% 대출이 나와도 현금이 최소한 2억은 있어야 했으니까.

그렇게 알아보러 다니다 보니 현재 사무실 계약만료 시점까지 6개월도 채 남지 않았다. 빨리 결정을 내리지 않으면 이대로 이곳에서 1년을 더 있어야 한다는 생각이 들자 마음이 조급해졌다.

'그래, 아직은 부동산을 구입하기에는 무리가 있으니 조금 더 달려보자'라는 생각을 하고 다시 월세를 찾기 시작했다. 보증금 3천만 원에 월세 250만 원 아래에 해당하는 물건으로 평수는 30평 정도의 조건을 부동산에 의뢰했다. 그 후로 부동산 실장님과 정말 발이 닳도록 물건을 보러 다녔던 거 같다.

제주도 사옥의 꿈을 싣고

사무실은 주차 시설과 엘리베이터가 필수 조건인데, 송파 쪽은 주차난이 너무 심했고 엘리베이터는 계단을 올라 1층과 2층 사이에 있는 곳이 너무 많았다. 그러다가 강동구청 근처에 있는 지은 지 얼마 안 된 곳을 보러 갔다. 층고가 높아 돈을 조금 투자해서 복층 공사를 하면 30평 정도를 사용할 수 있을 크기였다. 1층이라서 짐을 바로 넣고 뺄 수 있는 좋은 조건이었다.

'딱 2년만 이곳에 있으면서 돈을 더 모아 꼭 2년 뒤에는 사옥을 마련하자'라는 생각을 했다. 새해마다 직원들과 모여 한해

목표와 계획을 이야기하는 시간에 '올해는 꼭 사옥을 마련하는 것이 목표!'라며 직원들 앞에서 당당히 말했는데, 성내동에 이사 온 지 2년이 지나던 해에도 나의 계획은 답이 없었다.

마땅한 곳도 없었고, 모이는 돈보다 부동산값은 몇 배로 뛰고 있었다. 그러다가 오랫동안 나의 두 번째 버킷리스트였던 제주도 지점의 꿈을 조금 앞당겨서 제주도에 사옥을 마련하는 게 어떨까 생각을 해보았다. 그러고 나서 제주도를 정말 열심히도 왔다 갔다 했다. 한겨울에 가서 따뜻한 봄이 지날 때까지 비행기 비용만 얼마가 들어갔는지 모른다.

부푼 꿈을 안고 직원들도 제주도지사에 서로 보내 달라며 한참 들떠 있었는데, 시장조사를 할수록 적자가 될 정도로 환경이 열악하다는 걸 인식했다. 식자재도 부족했고, 포장 용품들도 배송받으려면 배송비가 추가로 붙었다. 퀵서비스 업체, 콜밴 업체도 거의 없었다. 일단 행사가 거의 없어 기존에 있는 업체들의 매출도 눈에 보일 정도였다. 그런데 결정적으로 부동산 가격이 서울과 거의 비슷할 정도로 너무나도 비쌌다.

다가갈 수 없는 서울의 부동산 때문에 제주도를 택했는데 쉬운 일은 없었다. 엄청 발품을 팔아서 몇 개월 만에 겨우 구한 땅은 우리 게 아니었나 보다. 지분정리를 하고 연락을 준다던 부동산에서 결국에는 3개월이 지나도록 답변을 들을 수 없었다. 주인이 지분정리를 결국 하지 못해 땅을 팔 수 없는 상황이 온

거다. 다시 부동산을 알아보러 처음부터 시작하려니 힘이 빠졌다.

'그래, 어차피 적자가 눈에 보이는데 무리였어.'

이렇게 마음을 다독이며 아쉬움 반, 안도감 반으로 마음을 접고 다시 일상으로 돌아왔다. 그러다 보니, 벌써 연말이 다되었다.

'이번에는 어떻게든 꼭 사옥을 마련할 것이야!'

이렇게 이를 악물고 다시 부동산을 알아보기 시작했다. 4년 전보다, 3년 전보다, 2년 전보다 지금의 나는 부동산에 대한 감이 조금은 더 넓어졌다. 잠실동, 신천동, 송파동 안 가본 데 없이 다 둘러보았다.

원하는 조건이 나타나지 않아 성수동 쪽까지 넓혀가다 보니, 꽤 괜찮은 물건이 나왔다. 시세 대비 금액도 급매로 나와서 저렴했고, 1층에 자리를 잡은 데다가 40평에 복층으로 사용할 수 있는 천정이 높은 곳이었다.

계좌번호만 받아서 계약금만 넣으면 다음 단계로 진행할 텐데, 이상하게 계약금 넣으라는 말을 안 하고 조금만 기다려달라는 말만 듣다가 2주를 흘려보냈다. 그 사이 매도자가 돈을 해결했다며, 안 팔겠다고 부동산 매물을 들고 들어가 버렸다.

서울 본사를 설립한 지 5년 만에

몇 개월을 돌아다니다가 드디어 우리의 보금자리를 찾아 이곳에서의 이동 경로, 식자재를 살 수 있는 위치 등등 이것저것 계획을 다 잡아놨는데 모든 게 물거품이 되었다. 5월 말에 계약만료가 되는데, 벌써 2월 말을 넘겨 버렸다.

성수동으로 이사를 할 줄 알고 건물 주인분께도 계약만료를 알렸고, 그 알림과 동시에 다음 날 부동산에서 보고 가서 1주일 만에 우리가 쓰고 있는 사무실은 계약이 되어버렸다. 더 있고 싶어도 있을 수 없는 상황이 된 셈이다.

주위 사람들에게도 드디어 성수동으로 이사를 할 거라며 자랑 아닌 자랑을 했는데, 이런 일이 벌어지리라곤 상상도 못 했다.

'아니, 왜 건물을 내놓은 거야. 이럴 거면!'

성수동에는 내가 원하는 평수의 물건이 눈을 씻고도 나와 있지 않았다. 인테리어 공사를 하고 들어가려면 적어도 5월 초에는 계약해야 하는데, 날짜도 맞지 않고 원하는 평수도 맞지 않고 모든 게 맞지 않았다. 여유롭게 1월부터 계약의 문을 두드렸는데 한숨만 나왔다.

답답한 마음에 3년 전, 찾아가 봤던 문정동을 다시 가보았다. 3년 전과는 또 다른 모습이었다. 엄청나게 큰 대형건물들이 가득 차 있었고, 한 건물에 사무실은 1,500개 이상이 들어와 있었다. 역세권이다 보니 상가 월세가 너무 비싸서 아직 공실로 비어있던 매물이 여러 개 있었다. 공실로 비어있는 상황이 2년 넘다 보니, 매월 이자 비용을 감당하지 못한 업체에서 급매로 시세보다 조금 저렴하게 내놓은 것이다. 바로 그런 물건을 발견했다.

성수동 부동산 매입 때문에 연이 닿았던 은행 지점장님에게 먼저 대출 조회를 의뢰했다. 은행에서 90%까지 가능하다는 연락을 받았다. 세상에! 3년 전에는 40%도 안 나왔는데, 그동안 정말 열심히 달렸나 보다. 회사 매출이 그만큼 높아졌고 신용도도 높아져서 3년 전과는 완전히 다른 대우였다.

이 정도면 현재 가지고 있는 자금만으로도 10%의 계약금과 취득세, 그리고 인테리어 비용까지 모두 가능했다. 50평 규모의 월세 비용이 적게는 4백만 원에서 1천만 원까지였는데, 이자 비용은 4백만 원의 50%도 안 되니 월세보다 적은 이자 비용으로 사옥을 마련한 셈이다.

서울 본사를 설립한 지 5년 만에 서울역세권에서 50평 규모의 사옥을 마련하는 꿈을 이루었다. 부동산 매매를 하고 인테리어를 하는 과정에서 코로나가 막 터져 회사 매출이 반 토막이 나서 굉장히 어려운 시기를 맞이했지만, 월세의 부담에서 벗어나고 코로나가 끝나면 매출이 작년보다 2배로 뛰어도 감당할 수 있는 넓이의 사업장을 갖추고 있기에 현재는 덤덤히 기다리는 중이다.

어썸파티 스튜디오 _____ .

2019년, 제주도의 꿈이 접히고서 굉장히 허탈해져 있는 상태였
다. 그러던 어느 날, 하남 미사에 있는 모델하우스를 우연히 구경
하러 갔다.

집에서도 20분 정도의 거리였고, 인테리어가 굉장히 잘되어
있는 모델하우스를 보면서 '이곳이 우리 회사 건물이었으면 좋
겠다'라는 생각이 들었다.

우연히 구경하게 된 그곳에서 분양대행사의 언변에 확 넘어갔다.

"계약금 10%의 가격으로 사옥을 마련할 수 있는 정말 좋은
기회예요."

서울과 비교해 봤을 때, 분양가도 50%나 저렴했다.

사업자 등록증을 조회해보더니 업종도 입주할 수 있는 조건
이라며, 분양 호실이 이제 몇 개 남지 않았으니 지금 빨리 계약
금을 입금해야 한다고 부추겼다.

남편과 한참을 이야기하다가 '서울에 사옥을 마련하지 못한
다면 이곳은 어떨까'라는 의견이 나왔다. 그렇다면 1개 호실당
13평 정도의 규모이니, 30평 이상은 되어야 가능할 것 같았다.
이런 생각에 덜컥 3개 호실을 분양받아왔다.

나의 에너지를 낭비하지 않는 지혜를 발휘하여

그렇게 계약을 한 뒤, 몇 개월이 훌쩍 지났다. 우리는 입주 한 달 전부터 인테리어를 알아보기 시작했다. 그런데 인테리어 상담을 하다 보니, 음식업종이니까 허가 관련해서 구청 위생과에 먼저 확인해보라는 조언을 해주셨다. 대행사와 시행사에서 모두 OK한 곳인데 설마 했다.

위생과에 전화해보니 그곳은 허가를 못 내준다고 한다. 상가만 가능하다는 답변을 받았다. 대행사 직원에게 전화했더니, 우리 회사의 여러 개 업종 중 입주가 가능한 업종(이벤트 광고, 전시)에 대해 그 당시 시행사에서 OK한 부분이라 입주 불가한 업종(즉석판매제조)에 대해서는 계약 불발이 어렵다고 한다. 제조업에 대한 입주가 가장 중요한 부분이라서 그 당시에도 이 부분부터 확인했던 건데 말이 바뀌었다. 복잡하고 싫은 소리를 하면서 나의 에너지를 낭비하고 싶지는 않았다.

음식 제조 관련 허가를 받지 못한다면 이곳으로 회사를 옮길 수도 없는 상황이고, 잔금은 치러야 할 상황이었다. 어차피 벌어진 일이니, 잔금을 치르고서 어떻게 이곳을 활용할지 고민해보았다.

일단 현재 사무실 창고의 짐들이 12월 행사가 끝나면 넘치고 넘쳐서 발 디딜 틈이 없을 것이다. 그런 상황을 예상하고 한 개 호실을 창고로 사용하기로 마음먹었다. 연말이 지나 예상했던 대로 성내동 사무실에서 당장 사용하지 않은 크리스마스 물품과 할로윈 물품 그리고 그 외 잘 사용하지 않은 물품들을 옮기고 나니, 하남에 있는 13평 창고가 어느새 가득 차 버렸다.

'파티룸 대관'이라는 매력적인 사업

남은 두 개 호실은 인테리어를 해서 파티룸으로 대관을 할 계획을 세웠다. 매번 하는 일이 공간연출인데, 파티룸 인테리어는 자신 있었다. 최소한 간단한 공사만 의뢰한 뒤, 나머지는 소품으로 장식할 계획이었다.

복층 공사를 하였는데, 13평이었던 공간이 17평 정도로 넓어졌다. 휑한 공간을 하나둘 채워 나가기 시작했다. 그런데 분양받느라 돈을 너무 무리해서 썼던 탓에 소품들을 많이 채우기가 쉽지 않았다.

17평 공간 2개를 채우는 일은 끝이 없었다. 사무실에 소품들이 가득했지만, 사무실 소품을 가져와 버리면 행사 나갈 소품이 부족해서 사용할 수 없었다. 모든 소품을 새로 사야만 하는 상황이었다.

시간이 날 때마다 발품을 팔아서 세일 상품, 반품 상품 등을 사들였다. 또 중고거리에 가서 아주 특이하고 예쁜 의자와 소품들을 하나, 둘씩 구해 와서 채워가기 시작했다.

어썸파티스튜디오에서
직접 운영하는
웨딩화보촬영 및
소규모파티공간.

  스튜디오를 오픈한 지 1년이 되는 해다. 지금은 이 공간을 스튜디오 겸 파티룸으로 시간당 3만 원씩 받고 대관 중이다. 제품 촬영 장소, 유튜브 촬영장소, 브라이덜 샤워파티, 생일파티 등 다양하게 이용 중이다.

  3개 호실 이자 비용으로 월 50만 원 정도를 내고 있는데, 스튜디오 및 파티룸 대관 수입으로 창고를 무료로 사용하고도 남을 정도의 수입이 나온다.

  모든 것을 긍정적으로 생각하고 계획하다 보면 내가 원하는 방향으로 나아갈 수 있다.

  그 당시 시행사에 소송을 걸어 계약이 불발되었다면 그곳에 쏟은 에너지로 인해 현재 운영하는 어썸파티에도 나쁜 에너지가 흘러갔을 거고, '파티룸 대관'이라는 매력적인 사업도 경험해 보지 못했을 것이다.

드라마 및 CF 촬영현장 _____ •

드라마, 영화, 광고 촬영현장에서 다양한 형태로 의뢰가 들어온다. 서울에서 본사를 오픈하고 나서 첫 번째로 TV 촬영현장 의뢰가 들어온 곳은 예능 프로그램에서 축하 파티장면을 위한 공간 및 케이터링 세팅의뢰였다.

장소도 정해져 있지 않은 상태였고 컬러만 겨우 확정된 상태였다. 블랙 & 실버 콘셉트로 하고 싶다는 연락을 받고 색깔에 맞춰 할 수 있는 현수막과 가랜드, 그리고 헬륨풍선 등 짧은 시간에 준비할 수 있는 모든 것을 다 제안했다.

현장에 가볼 시간도 없이 촉박했다. 장소는 사진으로만 받아보고, 대충 짐작으로 부족하지 않을 만큼의 양으로 제안서와 견적서를 보내야 했다.

1층에 케이터링 테이블 세팅, 테이블 주변 곳곳에 풍선 세팅, 카메라에 잡힐 수 있는 높이의 헬륨풍선, 와인을 놓을 자리, 테이블 쪽으로 카메라를 비췄을 때 보이는 2층 가랜드 장식, 현수막 제작과 파티 분위기를 낼 수 있는 30여 가지의 메뉴와 와인 등이었다.

컨펌이 바로 나도 부족한 시간인데

견적서와 제안서를 보내고 나면 바로 확정이 나야 준비에 들어갈 텐데, 담당자도 혼자 결정할 부분이 아니라서 시간이 오래 걸렸다. 촬영 감독님에게까지 컨펌을 받아야 하기 때문이다.

기업행사보다 더 긴급하게 의뢰가 들어오고, 마지막 현장에서까지 변경이 되는 게 촬영현장이다. 이렇게 급히 들어오면 컨펌이 바로 나도 부족한 시간인데, 컨펌이 나지 않으면 마음만 급해진다.

미리 수작업으로 만들어야 하는 가랜드 등은 컨펌을 받아 준비에 들어갔다. 최종 컨펌까지 기다렸다가는 날밤을 새워도 준비를 못 할 테니 말이다.

새롭게 준비하는 소품들은 언제나 즐겁다. 현장에서 어떻게 연출이 될지 기대되기 때문이다. 거기다가 촬영 라인업을 듣고 나면 현장에서 직접 볼 수 있다는 기대감에 힘든 줄 모르고 스텝들은 신나게 준비를 한다.

대충 시간은 예상했지만, 보통 기본 10시간을 잡고 시작한다. 그랬기에 각오를 하고 현장으로 출동했다. 우선, 3m가 넘는 높이에 사다리를 타고 올라가서 대형 현수막을 설치했다. 그리고 가랜드가 중간에 떨어지지 않게 벽과 기둥에 설치한 뒤, 공간이 꽉 차 보이게 헬륨풍선을 곳곳에 배치했다.

2018년 〈뷰티 인사이드〉 드라마 촬영현장–극중 항공사 취항식 장면에 연출된 케이터링.

영화 촬영현장 케이터링.

모든 소품과 기물들은 오랜 시간 부착되어 있었다. 그래서 나중에 철수할 때 자국이 남거나 시멘트가 파손되지 않게 꼼꼼하게 설치해야 한다. 행사장을 가다 보면 흔적을 남기고 간 업체들이 많다. 타카가 그대로 박혀있고, 테이프도 뜯지 않은 상태로 가버려 시간이 지나 노랗게 변색까지 된 곳을 보면 언짢다.

내가 행사장 주인이라면 이런 상태의 현장을 보면 참 속상할 거 같다. 그리고 그 업체는 다시 부르고 싶지 않을 거 같다는 생각이 든다. 이런 생각은 초창기부터 수없이 많은 현수막부착과 쉬폰커텐 설치를 하면서 몸에 배어있다. 그래서 철수할 때 다른 업체에서 남기고 간 자국까지 말끔히 제거해주고 올 때도 많다.

10시간이 순식간에 지나간 느낌

공간 스타일링이 끝난 뒤, 케이터링 테이블까지 연출하고 나니 정말 파티 현장 분위기가 났다. 아무것도 없는 공간에 우리가 준비해온 소품들로 하나씩 채우면서 공간 분위기가 바뀌는 걸 보면, 왠지 모를 뿌듯함에 빨리 완성해서 사진에 남기고 싶은 마음이 커진다.

모든 세팅이 완료되고 담당자와 관계자가 꽤 만족스러워하는 표정을 지어 보인다. 그런 모습을 보면 성취감이 든다. 힘들

〈악마가 너의 이름을 부를 때〉 드라마 촬영현장.

엠넷 '음악의 신' 촬영현장.

게 준비했던 모든 걸 보상받는 기분이다.

촬영 감독님의 오케이 사인이 떨어지고 촬영이 시작되었다. 세팅된 와인잔과 우리가 만든 음식을 손에 들고 촬영이 되는 현장을 바라보니, TV에는 어떻게 나올지 정말 궁금해졌다.

촬영은 새벽 5시가 다 되어서야 끝이 났다. 하지만 10시간이 순식간에 지나간 느낌이었다. 원하는 신이 나올 때까지 반복되는 촬영을 하는 걸 보니, '세상에 쉬운 일은 없다'는 삶의 진실을 다시금 느끼게 되었다.

100여 명이 넘는 스텝들이 지켜보는 가운데서 연기를 하는 배우들을 보니 참 대단하다는 생각도 들었다. 나중에 촬영했던 영상이 TV에 나온 걸 봤는데, 그렇게 오랜 시간 촬영했던 장면이 몇 분도 안 되어서 끝나버렸다. 현장에서 5시간 넘게 준비하고 10시간이 넘는 촬영시간이 단 몇 분으로 끝나다니! 그러면 1시간짜리 영상을 만들기 위해서는 얼마나 많은 사람의 노력과 시간이 들었다는 걸까? 정말 상상이 안 된다.

그렇게 TV 촬영현장으로 시작된 일은 포트폴리오 덕분에 이후로도 드라마 촬영, CF 촬영 등 여러 가지 일을 할 수 있는 계기가 되었다.

제자리에서 멀리뛰기 _____ •

몇 달 지나지 않은 일이다. 코로나 때문에 모든 행사가 멈췄다. 모든 게 온라인으로 진행이 되었고, 규모 또한 축소되어 대부분 소규모로 진행되었다. 상황이 계속 나빠지자, 직원 충원도 멈춘 상태였다.

이런 상황에서 대기업 VIP 영상콘서트 케이터링 의뢰가 들어왔다. 기업 VIP 고객들을 위한 온라인 영상콘서트였다. 콘서트를 할 때와 마찬가지로 무대와 조명이 다 준비된 상태에서 관객만 없을 뿐, 모든 게 동일한 상태로 콘서트가 진행되었다.

온라인으로 VIP 고객들만 참여하는 콘서트였다. 그래서 영상 촬영을 한 달 전에 미리 시작한 후, 편집과정을 거쳐 온라인으로 방송되는 형태였다. 하루에 총 4팀씩 대기실마다 푸드테이블 데코레이션을 진행했다. 동시에 네 군데를 세팅해야 하는 상황이었다. 장소는 김포였는데, 1시간 30분 정도의 거리였다. 해마다 진행했던 시상식 케이터링의 4분의 1도 안 되는 규모였지만, 직원이 적다 보니 준비하는 시간이 길어져 힘들었다. 코로나로 직원 충원을 할 수 없었기 때문이다.

오전 7시에 도착해서 동시에 네 군데 세팅을 해야 하기에,

광주에서 지원군이 올라왔다. 전날 늦은 시간까지 일하느라 잠도 제대로 못 잤는데, 3시간 정도 자고 일어나야 했다. 집에서 사무실로 이동해서 짐들을 챙겨 행사 장소까지 가려면 족히 3시간은 걸릴 테니까.

비바람을 뚫고 도착한 행사장에서

비 소식과 태풍이 올지도 모른다고 했지만, 대수롭지 않게 생각했다. 사무실에서 출발할 때만 해도 괜찮았기 때문이다. 그런데 절반도 못 간 상황에서 강한 비와 태풍이 몰아치기 시작했다. 행사가 취소될 수도 있을 만큼 엄청난 비였다.

앞이 안 보일 정도로 비가 내렸고, 차가 흔들릴 정도로 비바람이 몰아쳤다. 비상깜박이를 켜고 그 빗속을 어떻게 빠져 나왔는지 모른다. 시간에 맞춰 겨우 도착했는데, 비 때문에 속도를 낼 수 없어 빠듯하게 도착한 탓에 긴장이 되었다.

일반 행사 때와는 다르게 콘서트 현장에서는 항상 보안요원이 가득하다. 입장부터 신분증 검사에 휴대폰 카메라 차단까지 보안이 너무 철저해서 현장에 도착하면 으레 긴장감이 돌기 마련이었다. 그래서 미리 도착해서 여유를 가지고 담당자를 만났어야 했는데, 이날은 그러질 못했다.

이틀 동안 진행되는 행사였기에 첫날 준비를 잘해놓으면 둘

째 날은 매우 순조롭게 진행
될 수 있다. 그런데 시작하기
도 전에 비바람을 뚫고 차를
운전하면서 에너지를 다 써버
렸다. 에너지가 다시 충전되
는 때는 세팅을 다 마무리한
뒤, 만족스러운 결과가 나왔을
때다. 긴장감이 빠져나가면서
에너지가 차오르는 듯한 느낌
이 든다.

그렇게 하나씩 세팅을 마무
리해가면서 스텝들과 가수들이
도착하기까지 30분도 남지 않
을 때였다. 행사 대기실이 1층
과 2층, 5층 이렇게 세 군데로
나뉘어 있어 층별로 돌면서 마
무리를 해갔다.

가장 먼저 스텝들이 도착할
2층 음식을 모두 마무리하려
는 순간, 일이 벌어졌다. 디스
펜서에 커피와 음료를 준비해

아프리카TV VJ 연말 시상식 케이터링.

났는데, 우리 직원이 디스펜서 위치를 조금 옆으로 이동시키는 상황에서 디스펜서 뚜껑이 제대로 꽉 안 닫혀 있었는지 뚜껑이 열리면서 손에서 미끄러졌다고 한다.

바닥으로 내동댕이쳐지기 직전에 잡아서 다행히 유리로 된 디스펜서가 깨지지는 않았다. 하지만 어떤 상황이 벌어졌겠는가. 바닥에 생수 2ℓ, 2개 분량의 커피가 다 쏟아져버렸다.

정말 끔찍했다!

보안요원과 우리만 아는 일

현장에는 엘리베이터 앞을 지키고 있는 보안요원 1명만 있었다. 어떻게든 담당자가 오기 전에, 그리고 스텝들과 가수들이 올라오기 전에 수습해야 했다. 가지고 있던 냅킨으로는 턱없이 부족했지만, 물걸레를 찾을 여유조차 없었다. 황급히 둘러봤지만, 보이지도 않았다.

화장실에 비치되어 있던 핸드타올이 생각났다. 화장실로 달려가 뜯을 수 있는 만큼 뜯어와 닦기 시작했다. 아무리 닦아도 너무 많은 양이라서 끝이 없었다. 우리 직원들과 광주팀 모두 얼굴이 사색이 되어 화장실을 끊임없이 왔다 갔다 했고, 결국에는 핸드타올과 쓰레기통을 통째로 들고 와서 닦고 나서야 상황이 조금 진정되었다.

이 사건을 해결한 시간은 5분도 채 되지 않았다. 그저 이 물기를 깨끗이 없애고 아무런 흔적을 남기지 않아야겠다는 생각만이 들었다. 그리고 여분으로 가져온 커피를 다시 디스펜서에 넣고 모두 제자리에 세팅해 놓았다.

마무리해 놓고 보니, 갑자기 2층에 서 있던 보안요원이 생각났다. '저 인간들이 도대체 무슨 일을 벌인 것인가'라며, '이 사건을 보고해야 하나, 말아야 하나'라는 표정으로 서 있던 보안요원을 생각하니 웃음이 피식 났다. 너무 순식간에 벌어진 일이

아프리카TV VJ 연말 시상식 케이터링&스타일링.

었고, 순식간에 해결이 되었다.

　이 사건은 보안요원과 우리만 아는 일이다. 이런 실수는 조용히 묻고 넘어가야 한다. 아무리 단골이라고 하지만, 행사 30분 전의 이런 상황은 누구도 좋아하지 않을 일이기 때문이다. 아무 일도 없었던 것처럼 제자리로 돌려놓고 밤늦게까지 진행되던 행사를 무사히 마무리했다.

　언제 어디서나 돌발 상황은 일어나기 마련이다.

　하지만 그럴 때마다 나의 심장은 참 힘들다.

PART 06

파티의
시간

Awesome Party

못 받은 행사대금 ____ .

어썸파티 고객은 대부분 기업과 관공서이다 보니 대금이 결제되지 않은 적은 한 번도 없었다. 결제일과 결제방법이 조금 다를 뿐 1~2달 안에는 거의 지급이 완료되었다. 그래서 보통 예약금 50%, 행사 완료 후 50%의 결제방법으로 진행하고 있다. 가끔 주위에 사업 하시는 분 중에서 밀린 대금을 받지 못한 경우도 많다는 이야기를 들었을 때 참 의아했다.

'어떻게 대금을 안 줄 수 있지?'

우리 또한 렌탈업체나 협력업체에 의뢰할 때는 무조건 선불로 지급한 후 이용한다.

서울에 본사를 설립한 이후로는 직원과 스텝들이 대부분 남편 학교 제자들이었다. 서로 선후배 혹은 친구 사이다 보니, 행사 아르바이트도 같이하러 가는 경우가 많았다.

그런데 어느 날, 한 친구가 아르바이트하고 나서 몇 달이 지났는데도 아직 돈을 못 받았다는 이야기를 어렵게 꺼냈다. 그 이야기를 하고 나자 다른 친구들도 그 업체에서 일했는데, 자기도 아직 못 받았다고 한다. 한두 명이 아니었다. 대학생들에게는 피 같은 돈일 텐데 말이다.

그런데 그 돈을 몇 달이 지나도록 주지 않고 있다니 이해가 되지 않았다. 업체 대표에게 연락하면 미안하다고, 깜박했다며 주겠다는 말을 하고서 또 깜깜무소식이란다. 그 대관업체는 아르바이트생들뿐 아니라 하청 업체에도 대금을 주지 않고 있다는 소문이 무성했다.

대금도 지급하지 않고 사람들의 원망을 가득 받고 있던 대관업체 사장의 SNS에는 온갖 멋을 부리고 해외여행 가서 찍은 사진들이 가득했다. 참다못한 한 친구가 SNS에 댓글을 달았더니 그제야 돈이 입금되었다고 한다. 다른 친구들은 잘 해결했는지 모르겠다.

믿는 도끼에 발등 찍히다

2018년에 유명화가 전시회 오픈식을 한번 의뢰했던 업체가 있었다. 오픈식 이후 4개월 만에 전시회 오픈식을 한 번 더 의뢰했다. 한번 거래했던 업체였기에 행사 전 결제가 이루어지지 않았지만, 믿고 오픈식 행사를 진행해 줬다. 첫 번째 행사에서는 바로 대금을 결제해줬기에.

5백만 원이 다 되는 금액이었는데, 행사가 끝난 후 결제가 차일피일 계속 미루어졌다. 메일과 문자, 전화를 계속했지만, 답변을 받지 못하는 상황에서 6개월이 지났다. 전시 오픈 후 관객이 생각만큼 많이 오지 않아 적자를 보고 있는 상황인 거 같았다. 답변이 계속 없어서 1차로 내용증명을 보내보았다. 하지만 내용증명을 보내도 전혀 소용이 없었다.

주위에서 고소장을 접수해보라는 조언을 듣고 9개월이 지날때쯤 경찰서에 가서 고소장을 접수했다. 생전 처음 고소장을 접수해 봤는데 보통 일이 아니었다.

'왜 이렇게까지 해야 하는 거지?'

이런 생각마저 들면서도 꾸역꾸역 진행했다. 하지만 고소장을 접수했는데도, 여전히 대답은 없었다. 고소장이 정식으로 접수가 되었지만, 민사소송으로 가지 않는 이상 사기죄가 성립되지 않는다는 답변을 듣고 더는 진행하지 않았다.

그리고 또 한 번의 뼈아픈 기억이 있다. 코로나 19가 발생하기 전, 그해 겨울은 그야말로 송년 파티, 크리스마스 파티 등 한창이었다. 어떤 해보다 바빴던 12월이었다.

한번은 블록체인 회사의 연말 송년 파티 행사였는데, 송년 파티를 총괄하고 있는 이벤트 업체에서 의뢰가 들어왔다. 기존에 있는 소품들로는 활용할 수 없는 새로운 콘셉트를 원했다. 업체의 로고가 박힌 1백여 개의 상자들을 쌓아 올린, 사람 신장 높이보다 훨씬 높은 커다란 트리 장식이 필요했다. 무대를 가득 채운 화이트의 Led 트리 장식 말이다.

가격이 너무 비싸서 단 한 번 사용하려고 살 수 없었다. 렌탈 업체에서 겨우 구한 의자 등 구입비와 렌탈비 지출이 기존 행사보다 2배 이상 많이 들어갔다. 힘들게 소품들을 구하고 행사 전날 잠도 제대로 못 자고 준비했던 행사였다.

블록체인 업체에서는 총괄했던 이벤트 업체에 돈을 지급한 듯했다. 그런데 코로나 19로 이후에 모든 행사가 올스톱이 되다 보니, 우리에게 의뢰했던 이벤트 업체 또한 굉장히 힘들었던 모양이다. 업체에서는 현재 상황을 솔직하게 이야기하면서 기다려 달라는 부탁을 하길래 현재도 기다리는 중이다. 하지만 얼마 전에 그 업체의 사업자 번호 조회를 해보니 폐업을 한 상태다.

과연 받을 수 있을까?

그 침대 광고만 나오면

이런 일들이 있고 나서 결제방식을 100% 선지급으로 변경했다. 그런데 예외상황은 또 발생했다. '건너, 건너, 건너' 지인의 의뢰였다. 행사가 얼마 남지 않은 상황에서 급하게 의뢰를 했고, 유명 대기업 모델하우스 VIP 초청행사였기에 결제 부분에 대해서는 100% 믿고 있었다.

그리고 나서 바로 2주 뒤, 두 번째 행사를 진행하게 되었다. 행사당일 모델하우스 담당자와 분양대행사, 이벤트 업체 담당

자들은 그날 행사장에서 모두 맛있게 잘 드셨다. 그리고 남은 음식까지 가져가셨다. 문제는 그다음이었다. 거금을 들여 분양 홍보를 했는데, 생각만큼 계약이 이루어지지 않았다고 한다. 그렇게 미결제금액은 쌓여갔다.

얼마 안 있어 세 번째 행사 의뢰가 들어왔다. 국내 TOP 여배우의 광고 촬영 케이터링 의뢰였다. 우리 어썸파티 팀은 새벽 6시에 서울에서 출발해 파주에 도착했다. 그날 오후 5시가 다 되어서야 행사가 마무리되었다.

촬영 스텝, 업체 담당자, 여배우 매니저와 스텝들 모두 맛있게 드시고 행사도 잘 마무리되었다. 매트리스 광고 촬영이었는데, 코로나 19로 사람들이 집에 있는 시간이 늘어나면서 매출이 몇 배가 뛰었다고 한다. 매트리스 업계 1위를 달린다는 소문까지 들었다. 그 기업에서는 광고대행사에 대금을 지급했는지, 안했는지 알 수 없다. 하지만 텔레비전에 나오는 그 기업 브랜드

의 침대 광고를 보면 매번 생각난다. 아직도 받지 못한 행사대금이 그 침대 광고 화면 위로 너울거린다.

행사대금도 받지 못한 채 3번의 행사를 진행하게 된 이유는 바로 직접 아는 사람이 아닌, 몇 다리 건너 아는 사람이었기 때문이다. 현재 첫 번째 행사대금만 제외하고 받지 못한 금액이 1년이 다 되어가도록 밀려 있다.

행사를 마치고 나면 다음번 행사를 준비해야 한다. 그런데 행사대금이 해결되지 않으면 계속 신경이 쓰이기 마련이다. 현재 행사에 집중을 원한다면 선불 결제방식은 필수다!

온라인 뉴스와 광고 _____.

광고 방식은 여러 가지가 있다. 크게 두 가지로 나누어 보자면, 전단지나 카달로그를 들고 업체나 고객들을 직접 만나서 홍보하는 오프라인광고와 인터넷과 SNS를 이용한 온라인광고로 나눌 수 있다.

사실 처음 회사를 시작하고 나서 막막했다. 오프라인광고를 하자니 부끄럽고 낯가림이 많은 성격이었다. 그랬기에 직접 사람들을 만나 회사에 관해 설명하고 홍보하려니 시작부터 눈앞이 깜깜했다.

결국, 대면하지 않고도 전달할 수 있는 온라인광고를 선택했다. 한눈에 알아보기 쉽게 웹페이지를 제작하고, 행사 후에는 사진과 후기들을 이용해 블로그나 네이버 카페에 글을 작성했다. 후기 글에 어떻게 행사를 준비해야 하는지, 장소는 어디가 예쁜지, 어떤 옷을 입었는지, 답례품은 무엇이 좋은지 알 수 있도록 정보도 같이 남겨놓았다. 또 지역 카페에서 파티에 관련된 질문 글이 올라오면 재빠르게 답변을 달아주거나 쪽지를 보내어 친절하게 설명해주었다.

행사를 몇 번 하다 보니 오프라인 홍보도 자연스럽게 이루어졌다. 행사 날에는 행사에 초대받아 온 손님들이 90%, 장소를 예약하기 위해 보러 온 외부 손님들이 5%, 행사장 관계자가 5% 정도 된다.

행사 날, 예쁘게 스타일링이 된 현장을 보고 나면 모두 궁금해한다. 어떤 업체에서 했는지, 가격은 얼마인지 말이다. 미리 준비해 놓은 카달로그와 명함을 잘 보이는 곳에 비치해 놓고 나면 나중에 연락이 왔다. 행사장 예약 고객에게 소개해주고 싶다는 행사장 관계자와, 직접 예약을 하고 싶다는 고객들에게서 연락이 이어졌다.

고객들은 이 사실을 알고 있을까?

1~2년 정도 지났을 때였다. 글과 사진들이 많이 쌓이니까 광고 협찬을 해달라는 전화도 많이 오고, TV 출연 요청도 많이 들어왔다. 뉴스 기사 요청도 많이 들어와서 '아, 그만큼 우리 업체가 유명해졌나 보다'라고 생각했다.

그런데 전화로 이야기를 나누다 보면 마지막에는 항상 비용을 요구했다. 뉴스, TV 출연 모든 게 공짜가 아니었던 거다. 그렇지 않은 업체도 있겠지만, 업체들의 뉴스 소식은 비용을 부담해야만 나올 수 있다는 것을 알게 되었다. 내 돈을 주고 TV에 출연하고 뉴스 기사를 내보내야 하다니 마음에 내키지는 않았다.

하지만 얼마나 광고 효과가 좋을지 궁금하기도 했다. 30만 원 정도의 금액으로 8개의 뉴스 기사에 6개월 동안 올려주는 조건이 있었다. 한 달에 5만 원 정도였다. 고심 끝에 비용을 낸 후, 기사 내용과 사진을 직접 작성해서 업체에 보내주었다.

내가 쓴 글보다 조금 더 멋지게 수정이 될 거라는 기대감이 있었다. 사실 TV에 나오는 것처럼 기자들이 직접 인터뷰하러 와서 글을 작성하여 올려 줄 거라는 기대를 했는데, 현실은 내가 직접 내 기사를 쓰고 있었다.

고객들은 이 사실을 알고 있을까? 사실 나도 직접 해보기 전에는 몰랐다. 이 또한 사회 경험이다. 수많은 뉴스 같은 광고를 보며, 광고인지 뉴스인지 판단할 수 있게 되었으니 말이다. 직접 쓴 기사가 6개월 뒤에는 흔적도 없이 사라진 걸 보고 허무했다. 그 뒤로는 뉴스나 기사에 미련을 버렸다.

진정성만이 정답!

뉴스나 기사에 이어 블로그 후기에도 비용을 낸 적이 있다. 검색했을 때 첫 페이지 메인에 무조건 노출을 보장해주겠다는 대행사의 제안에 혹 넘어가서 6개월간의 비용을 부담한 적이 있다.

우리가 행사했던 사진들을 블로거들에게 전달해주면 우리 업체 고객이었던 것처럼 후기 글을 작성해서 올려주는 방식이었다. 광고성 뉴스 기사와 마찬가지로 계약 기간이 끝나고 나니 이 또한 사라져갔다.

지워지지 않고 남아 있는 건 우리가 직접 작성한 글과 우리의 고객들이 남겨준 진심이 담긴 후기 글들뿐이었다. 그래서 광고보다는 보다 퀄리티가 있고 차별화된 서비스에 진정성을 담아 고객에게 다가가려고 계속 노력하는 중이다.

최근에는 트렌드에 맞춰 블로그뿐만 아니라 인스타그램과 페이스북도 운영 중이다. 이외에도 여러 가지 SNS가 있지만, 우리가 꾸준히 관리하고 업데이트를 할 수 있는 한계 내에서만 운영한다.

코로나로 인해 작년 한 해 파티 행사를 거의 못 했다. 하지만 딜리버리 배송 건이 늘어나면서 고객층도 소규모, 개인으로 많이 바뀌었다. 휴대폰과 컴퓨터에서 바로 확인하고 결제할 수 있는 온라인 쇼핑몰을 개설해 놓았다. 쇼핑몰에서 구입한 고객들은 후기 글도 많이 남겨주었다.

개설한 지 1년 반이 넘어가는데, 비용을 부담해서 얻은 어떤 광고보다 소중하게 차곡차곡 쌓여가고 있다.

파티 메뉴 사진의 변천사 _____ .

　파티 메뉴에서 사진은 없어서는 안 되는 항목 중 하나다. 중국집에 갔을 때 메뉴판에 짜장면, 짬뽕, 탕수육 글자만 적혀 있어도 우리는 너무나도 많이 봐왔고, 먹어왔기 때문에 사진이 없더라도 자연스럽게 음식을 주문한다.

　하지만 처음 가보는 레스토랑에 들어갔을 때 메뉴판에 어려운 메뉴명만 가득하고, 음식 사진이 없을 때는 매우 난감하다.

외국에 여행 갔을 때도 사진 없이 외국
어로만 가득 적혀있는 메뉴판을 보았
을때와 같은 느낌이다.

이 음식은 어떻게 생겼을까? 무슨 맛
일까? 선뜻 시키지 못할 때가 많다. 더
맛있는 음식을 주문하고 싶은 게 사람
마음이다. 요즘에는 SNS 후기들도 많
아서 사진들도 많이 올라오니까, 조금
만 시간을 들이면 검색해서 주문할 수
있다. 하지만 번거롭기는 마찬가지다.

케이터링 핑거푸드 또한 일반적인
음식이 아니다. '케이터링'이란 단어 자
체도 처음 들어보는 사람이 많다. 그래
서 고객에게 견적 의뢰가 올 때 메뉴명

이 적힌 견적서만 준다면 쉽게 설득하지 못하고, 그 메뉴에 대해 이해도를 높이기 위해 많은 시간을 들여야 한다. 하지만 사진을 같이 첨부해준다면 시간이 절약될 뿐 아니라 진행 과정이 쉬워진다.

처음 사업을 시작했을 때도 전문가는 아니지만, 대학에서 미술 전공을 하고 사진학 수업을 들었던 게 도움이 되어서인지 공간, 구도, 여백에 대해 쉽게 접근할 수 있었다. 현장에 와서 직접 본다면 두말할 나위 없겠지만, 사진이 첨부된 제안서만 보고도 5백만 원에서 1천만 원대의 계약이 성사되었다면 우리가 보낸 사진에 설득력은 조금 있었다고 생각한다.

새로 들어온 인턴에게서 얻은 팁

서울에 본사를 오픈하고 나서 2년 정도 지날 때였다. 무대와 영상 디스플레이 관련이 된 곳에서 일했던 직원이 인턴으로 들어왔다. 밀접하다면 밀접하고, 다르다면 다른 분야이겠지만 무언가 남다르기도 했다. 그 당시에는 매출이 많지 않아 분야별로 직원을 뽑을 수 없는 형편이었다. 그래서 한 명이 만능이 되어 음식도 하고, 상담도 하고, 스타일링도 하고 디자인, 광고까지 같이하는 상황이었다.

이렇게 하다 보면 특별히 잘하는 분야가 돋보이기도 한다.

그 직원은 사진과 그래픽이 관련된 일을 잘할 수 있다고 들어왔던 터라, 포트폴리오 사진들을 대부분 담당했다. 처음에는 기존에 하던 우리의 스타일과 달라 매번 트러블이 있었다.

하지만 계속 새로운 스타일로 도전을 하더니 점점 사진 찍는 솜씨가 발전해 갔다. 각도도 측면에서 찍던 것과 달리 여러 각도에서 새롭게 시도를 많이 했다. 사무실에 있는 소품들을 활용해서 배경으로 놓고 찍다 보니, 잡지의 한 페이지 같은 느낌이 들었다.

예전에 찍었던 사진들도 그 당시에는 굉장히 잘 찍었다고 생각이 들고 나름 만족했는데, 지금의 사진과 비교해보니 얼굴이 후끈거렸다. 꼭 20년 전, 굉장히 시골스러운 모습으로 찍힌 내 사진을 보고 있는 느낌이었다.

새로운 메뉴를 개발하고 나서 그 인턴에게 사진을 맡겨보았더니 전문가 못지않게 잘 찍었다. 조금이라도 더 새롭게 발전하고 싶은 마음이 커서 전문작가에게 의뢰할까도 생각한 적이 있었다.

그런데 여러 각도에서 다양하게 시도를 하다 보니 작가를 따로 섭외하지 않고도 우리가 직접 할 수 있을 정도로 만족스러운 결과물이 나왔다. 그전까지는 이렇게 많은 메뉴를 어떻게 다 의뢰해서 찍을까, 걱정만 많았다. 전문적으로 찍고 싶은데, 100가지 넘는 메뉴들을 의뢰하자니 비용이 만만치 않았기 때문이다.

그 당시 알아본 견적만 해도 한 메뉴당 적어도 15에서 20만 원 정도의 비용이 들었다. 그 비용이 감당이 안 될 거 같아 시도조차 못 했는데, 새로 들어온 인턴에게서 팁을 얻었던 셈이다.

사진을 현상해서 액자에 끼워 넣고 싶은 생각이 들 때까지

이렇게 찍는 사진들을 보다 보니, 홈페이지 메인에 걸려 있는 사진들을 찍어 보고 싶은 생각이 들었다. 아무도 출근하지 않은 시간에 사무실에 나가 머릿속에 그려둔 스케치를 재현해서 혼자 사진을 찍었다. 대학 시절 작업실에서 매일 밤을 새워서 그림을 그리던 시절이 떠올랐다.

바로 그 자리에서 사진을 다운받아 홈페이지에 넣어보면서 각도를 잡고 다시 찍어 보았다. 그러다 보니 홈페이지에 들어갈 사진의 구도는 어떻게 해야 하는지, 크기는 어느 정도로 해야 하는지, 어느 정도의 조명이 들어가야 예쁜지 감이 오기 시작했다.

핀터레스트를 검색해보면 음식 사진이 무척 예쁘고 멋진 사진들이 많다. 마음에 드는 사진들을 골라 캡쳐해서 홈페이지에 넣다 보면 어떤 사진이 우리 회사 브랜드와 어울리는지 확인할 수 있다. 몇 가지를 뽑아서 비슷한 분위기로 찍다 보면 결국 우리만의 스타일로 완성된다.

홈페이지 메인 사진도 한 번씩 업데이트해줘야 했기에, 그다음부터는 직원들이 나를 대신해서 멋진 사진들로 계속 채워 나가주었다. 처음부터 다들 완벽하지는 않다. 수십 장, 수백 장씩 찍어서 그중 한 장만이라도 성공하면 된다.

그중에 한 장도 성공하지 못한 컷이 나올 때도 있다. 하지만 계속 찍다 보면 어느 순간 멋진 컷이 나온다. 그럴 때면 사진을 현상해서 액자에 끼워 넣고 싶은 생각이 들 때도 있다.

가끔 그 인턴이 생각난다. 아쉽게도 인턴 기간 뒤에는 우리와 함께하지 못했지만, 그 당시 찍었던 사진들은 우리와 계속 함께 있다. 직접 찍은 그 사진들은 아마 본인의 멋진 포트폴리오가 되어서 남아 있지 않을까.

케이터링을 준비하면서 _____ .

케이터링 첫 행사는 아름다운가게 송년 파티였다. 직접 준비해 놓은 떡, 김밥, 쿠키 등을 그릇에 예쁘게 데코레이션만 해주는 정도였다. 두 번째 행사는 남편 지인분의 전시회 오픈식이었다.

알아서 준비해달라고 하셨기에 제안해야 할 메뉴 사진들이 필요는 없었다. 50인분을 의뢰하셨는데, 무슨 자신감으로 선뜻 시작했을까? 사실 요리가 좋아서 케이터링을 시작한 것보다는 기업파티를 너무나 하고 싶어 시작한 계기가 더 크다.

요리라고는 결혼해서 남편과 둘이 먹을 김치찌개, 된장찌개, 달걀말이 등이 전부였다. 둘 다 회사생활을 하고 있었고, 남편은 매일 야근을 해서 아침만 간단하게 차려 먹는 정도였다. 아이가 태어나고 나서는 집에서 프리랜서로 활동했다. 아이를 위해 이유식을 준비하고, 주말에는 가족을 위해 특별한 요리들을 가끔 하면서 요리에 관심이 높아졌다.

파티회사를 운영하면서 기업파티에 접목할 수 있는 케이터링을 시작해야겠다는 마음을 먹었지만, 조리사 자격증도 없었다. 그런데 자격증이 없어도 음식과 관련된 사업을 할 수 있다는 사실을 알게 되었다. 보건소에서 음식업에 관련된 허가증을

받으면 되고, 1년마다 식품 위생교육을 온라인 또는 오프라인에서 이수하면 된다.

 이렇게 시작된 두 번째 케이터링 행사는 메뉴부터 바쁘게 준비해야 했다. 메뉴를 정한 뒤 만들어 본 음식들은 온 가족이 배가 터질 정도로 매일 시식을 해주었다. 그렇게 준비된 메뉴들은 어떻게 하면 현장에서 더 간단하게 먹을 수 있을지, 어떻게 하면 더 예쁘게 보일 수 있는지 연구하는 게 나머지 몫이었다.

 뷔페에서처럼 음식을 몽땅 그릇에 담아 먹는 형태가 아니라, 스탠딩으로 준비했다. 서서 샴페인 잔을 들고 한 손으로 간단하게 음식을 집어 먹을 수 있도록 컵과 작은 그릇에 음식을 하나

하나 예쁘게 담아 테이블에 세팅해놓았다. 음식뿐 아니라 테이블 위에 초와 꽃으로 장식을 하고 나니, 오신 손님들 모두 예쁘다며 감탄하셨다. 맛을 눈으로 먼저 전한 뒤, 그다음 입으로 행복을 전달해주려고 노력한 결과였다. 첫 행사라고도 할 수 있는 전시회 오픈식 행사에서 반응이 좋으니, 계속 이러한 콘셉트로 가면 좋겠다는 생각이 들었다.

파티 메뉴, 그 영원한 숙제와 로망

행사에 사용할 음식을 준비하면서 하나하나 사진으로 남겨놓았는데, 이때 남겨놓은 사진들로 다음번 행사 문의가 오면 그 제안서에 활용할 수 있었다. 이렇게 하나둘 준비된 메뉴 외에 의뢰했던 업체에서 인터넷으로 검색한 사진을 보여주면서 메뉴를 의뢰하기도 했다. 매번 행사할 때마다 새로운 메뉴가 차곡차곡 쌓여갔다.

서울에 본사를 오픈하고 나서는 더 다양하게 메뉴를 준비해야 했다. 한번 의뢰했던 업체에서 두 번, 세 번, 재주문이 자꾸 들어오면서 다양한 메뉴를 원했기 때문이다. 그렇게 한두 개씩 쌓이다 보니 현재는 100여 가지 정도 된다. 하고 싶은 메뉴, 준비할 수 있는 메뉴는 수백 가지이지만 하고 싶다고 다 준비해놓을 수는 없다.

처음 케이터링을 시작할 때는 주문량도 많지 않고, 케이터링 행사가 날마다 있는 게 아니라서 여유롭게 준비하는 시간이 많았다. 하지만 행사가 하루에도 4~5개씩 있는 날이 연속으로 계속되고, 직원이 8명이 넘어가면서 모든 게 체계적으로 움직이지 않으면 안 되었다.

처음에는 식자재마트와 시장에서 장을 봐왔는데, 양이 많아지면서 밤낮으로 장을 봐와야 하는 일이 늘어갔다. 그러다 우연히 식자재 주문시스템을 도입하게 되었다. 전날 오후 5시 이전까지 식자재 주문을 인터넷으로 넣어 놓으면, 다음날 새벽에 사무실 냉장고까지 배달해 주는 형태였다. 이 시스템을 이용하기 위해서는 주문이 들어온 수량만큼 식자재를 계산해서 매일 시간에 맞춰 주문을 넣을 수 있어야 하고, 주문을 넣기 위해서는 레시피까지 전부 숙지하고 있어야 한다. 그래야 사진만 봐도 어떤 재료가 어느 만큼 들어가는지 쉽게 계산이 되기 때문이다.

이 주문시스템을 도입하고 나서 어느 정도 시간이 지났는데도 매번 식자재 주문을 한두 개씩 빠뜨려 음식을 만들다가 중간에 식자재마트를 가거나 급하게 전화 주문을 하는 때가 많았다. 시행착오를 계속 줄여나가야 했기에 냉장고 문에는 한눈에 보기 쉽게 재료별 용량을 출력해서 붙여놓았다. 레시피에도 1개를 만들 때의 재료와 양을 적어 놓고 잘 보이는 곳에 코팅해서 걸어놓았다. 메뉴가 다양하게 많다 보니, 처음 들어오는 인턴은 메뉴를 다 파악하기에도 바쁘다.

매일매일 새로운 메뉴들을 만들어가면서 레시피를 익혀야 하고, 시간이 조금 지나면 재료가 어느 정도 필요한지 재료 계산을 해야 한다. 음식 재료뿐 아니라 포장 용기도 매번 체크하여 주문을 넣어야 한다.

직원들이 레시피를 완벽하게 받아들일 수 있는 시간, 주문해야 하는 식자재 종류, 메뉴마다 필요한 포장 용기를 놓아둘 수 있는 공간 등이 제한되어 있어서 하고 싶다고 메뉴를 마구 늘릴 수 없는 상황이다.

정신없이 바쁜 연말을 보내고 1~2월이 되면 새로운 메뉴개발이 시작된다. 100여 가지에서 더 늘리는 것보다 기존에 있는 메뉴들에서 1년간 거의 찾지 않은 메뉴들 위주로 선정해서 변경하는 작업이라고 할 수 있다. 카테고리 별로 4~5개 정도씩 메뉴들을 뽑아놓으면 여러 가지 시도를 해본 뒤 가장 적합한 메뉴를 선정한다. 현장에서 그릇에 세팅되었을 때 모습, 시간이 지나서도 흐트러지지 않는 모습, 포장했을 때 모습, 다른 메뉴와의 조화로운 모습들을 그려보면서 말이다.

어썸파티 메뉴의 비밀

파티 음식들은 바로 만들어 먹을 수 있는 음식이 아니기에 재료준비부터 철저하게 해야 한다. 현장에서 만드는 음식들은 대부분 카나페 종류이며, 샌드위치나 과일 등은 행사 가기 전에 미리 사무실에서 준비한다.

그렇기에 만드는 시간, 행사장으로 이동하는 시간, 도착해서 세팅하는 시간 등을 생각해보면 적어도 레스토랑에서 음식을 주문해서 먹을 때처럼 바로 먹을 수 있는 음식들과는 매우 다르다는 것을 알 수 있다.

이런 점을 고려해서 새롭게 메뉴를 개발할 때는 메뉴별로 재료의 비율을 다양하게 준비해 가장 맛있는 비율로 만들어진 음식을 시간대별로 시식해 볼 수 있게 여러 개를 만들어 놓는다. 1시간 뒤 시식, 2시간 뒤 시식, 5시간 뒤 시식, 이렇게 시간을 정해 놓은 뒤 시식을 한다.

오랜 시간 외부에 노출이 되는 상황이 많기에 눅눅해지지 않고, 딱딱해지지 않아야 하며, 최대한 색이 변하지 않고 음식의 맛이 처음과 같아야 한다. 이렇게 해서 선정된 메뉴는 각각 들어간 재료와 드레싱, 포장 용기까지 꼼꼼하게 원가계산을 한 뒤 가격책정이 이루어진다. 가격책정까지 통과된 메뉴는 가장 먹음직스러운 형태로 플레이팅이 이루어진다. 사진 촬영에 들어가야 하기 때문이다.

고객은 음식을 미리 먹어보지 못하기 때문에 사진으로 처음 접한다. 사진이 먹음직스럽게 예뻐야 그 음식에 대해 호감을 느끼고 의뢰할 수 있기 때문이다. 여러 각도, 여러 배경에서 수백 장 촬영된 메뉴에서 딱 한 장을 골라 메뉴에 넣는다. 이러한 과정을 100번 이상은 거쳐 지금의 어썸파티 메뉴가 만들어졌다.

세트 메뉴 구성은 고객들에게 가장 인기 있는 메뉴들만 모아서 만드는데, 시간과 원가를 적절히 계산하여 가격대별로 구성해놓은 상품이다. 세트 메뉴 또한 처음에 4가지 상품으로 시작했는데, 지금은 18가지 정도 된다. 고객이 직접 메뉴를 하나하나 골라 세트로 의뢰한 상품들을 포트폴리오에 올리고 나면 다른 고객들이 그 사진들을 보고 재주문할 때가 많다. 재주문 횟수가 10회 이상이 되고 반응이 좋으면 상품 리스트에 올려놓는다.

어썸파티의 세트 메뉴는 고객들의 피드백으로 새롭게 탄생하고 계속 발전하는 중이다. 새로운 고객 유치보다 기존 고객과의 지속적인 소통이 중요하다는 걸 새삼 느낀다.

노력한 시간만큼 _____ •

행사 문의가 오면 제안서와 견적서를 메일 또는 문자로 발송한다. 케이터링은 메뉴가 다양하게 준비되어 있다 보니 별도로 요청하는 메뉴가 거의 드물다. 아주 가끔 채식 요리, 베트남 요리, 인도 요리 등 외국에서 오신 손님들을 위한 메뉴 요청을 제외하곤 말이다.

새로운 메뉴 제안은 아이디어와 시간이 많이 들어간다. 메뉴 사진도 구해야 하고, 메뉴에 따른 식자재를 확인 후 견적서를 보내야 하기 때문이다. 많은 시간 동안 준비하여 보낸 메뉴들을 변경해달라는 요청이 들어오면 다시 2배의 시간이 걸린다. 그리고 그 메뉴가 채택되더라도 기존에 준비하던 메뉴들이 아니다 보니 2~3일 안에 같은 메뉴가 다른 행사에 나갈 일은 없다.

그래서 남은 식자재들을 다른 곳에 사용하기 어려워 버려지는 경우가 많다. 이렇게 되면 식자재 비용은 버려지는 비용까지 계산되어야 하는 게 맞지만, 터무니없는 비용을 청구하기는 어렵다. 가끔은 이런 비용을 감수할 때도 많다. 다음번 다른 행사를 또 의뢰할 고객이기 때문이다.

스타일링 또한 여러 해 하다 보니 행사 사진들이 많이 쌓여

상품 제안서로 활용을 많이 할 수 있었다. 그런데 스타일링은 현장과 원하는 콘셉트가 다르다 보니 새로운 콘셉트의 제안을 원할 때가 많다. 그래서 첫 번째 제안서를 작성하는 데 걸리는 시간이 많게는 2~3일이 넘어가는 때도 있다. 상품을 구할 수 있는지 검색해 봐야 하고, 구입한 가격에 맞춰 상품가도 다시 책정해야 하기 때문이다.

'역시나 들려오던 그 소문이 맞았나!'

스타일링 의뢰가 들어올 때는 아이디어만 얻기 위해 문의하는 얌체 업체도 있고, 실제로 의뢰하기 위한 업체도 있다. 두 업체를 구별하기는 매우 힘들다. 그래서 언제나 정성스럽게 최선을 다해 모든 업체에 제안서를 준비해서 보내지만, 남의 아이디어를 염탐만 하는 업체를 만날 때면 힘이 빠질 때가 종종 있다.

유명한 커피 회사의 사옥 이전식 행사였다. 직원 수도 많고 규모가 큰 이벤트 대행사에서의 의뢰였다. 행사대금은 무조건 후불, 아이디어만 얻기 위한 문의도 엄청 많다는 소문이 자자했다. 그런데 이 이벤트 회사에서 사옥 이전식 행사의 콘셉트를 정하기 위해 수없이 문의를 해왔다.

　비슷한 사진까지 요청하여 직원들은 매번 다른 콘셉트의 스타일링을 사무실에서 세팅해보고 사진을 찍어 제안서를 몇 번이나 보냈는지 모른다.

　이 외에도 새롭게 요청된 콘셉트를 찾기 위해 인터넷 검색만 여러 날. 거의 일주일을 종일 통화, 카카오톡 문의, 메일 전송으로 2명의 직원이 매달려 있었다. 멜론 행사 때 들었던 시간보다 훨씬 더 많은 시간이 들어간 듯했다.

　그런데 결국엔 이 요청은 무산이 되었다.

　나중에 SNS에 떠 있는 행사 사진들을 보니 세상에! 우리가 제안했던 스타일링과 거의 흡사했다. 완전히 다른 콘셉트의 행사였다면 조금은 덜 억울했을 텐데 말이다. 제안하는 데 들었던 시간과 에너지가 몽땅 날아간 기분이었다.

　'역시나 들려오던 그 소문이 맞았나!'

　그런 생각을 떨쳐버릴 수가 없었다.

아이디어를 짜내고 또 짜내어

하루는 유명한 호텔의 할로윈 파티 의뢰가 들어왔다. 할로윈 파티는 여러 번 행사를 치렀기에 미리 준비된 견적서와 제안서를 보낸다. 가격대와 콘셉트를 보고 마음에 들면 본격적으로 문의가 시작된다.

그런데 처음에는 실제로 안 할 거 같은 예감이 들었는데, 정말 진행할 것처럼 세세한 부분 하나하나 제안서와 견적서를 요청했다. 이 또한 2주라는 기간이 걸렸다. 이 제안서를 작성하는 데 엄청난 에너지가 들어갔다. 아이디어를 짜내고 또 짜내어 행사현장에 꼭 맞는 제안을 해야 하기 때문이다.

야외 파티였기에 규모도 커서 사다리차 렌탈, 전기공사업체 등 확인해야 할 사항이 한두 개가 아니었다. 모든 게 다 마무리될 시점에 그 업체와 연락 두절이 되었다. 다른 행사 예약도 못 잡게 말이다. 며칠 지난 후에야 문자로 행사가 취소되었다는 통보를 받았다.

이런 경우는 3~40번 행사에 1번 정도로 발생한다. 스타일링을 의뢰했다가 케이터링을 의뢰하는 때도 종종 있기에 어느 하나 소홀히 할 수는 없다. 힘들게 준비한 만큼 시간과 노력에 대한 대가는 몇 배로 돌려받는 거 같다.

과연 '준비된 사람에게 기회가 온다'는 말이 진리인 듯!

못다 한
이야기

Awesome Party

테마별 파티케이터링
& 스타일링 현장스케치 _____ .

야외 스타일링

삼성카드 홀가분마켓 행사.

풍선, 가랜드, 허니컴볼을 이용한 스타일링이다.

야외 행사였기 때문에 비가 올지도 모르고, 행사 전날 세팅이

완료되어야 하는 상황에서 밤새 서리가 껴서 가랜드가 다 젖어 버리면 큰일이었다. 비를 맞아도 끄떡없는 펠트지로 제작된 가랜드를 선택했다.

설치장소는 올림픽공원 잔디광장 일부였다. 나무의 높이도 높고, 바닥이 울퉁불퉁하여 2m 이상 되는 사다리를 6개나 들고 갔다. 전기공사가 완료된 곳부터 가랜드 설치가 시작되었는데, 나무와 나무 사이의 거리도 멀고 나무 둘레도 넓어 한번에 묶어지지 않아 시간이 꽤 오래 걸렸다. 오전 9시에 시작해서 저녁 8시가 다 되어서야 설치 완료!

입구 쪽에는 한쪽에 300개의 헬륨풍선을 6m 높이 위에 설치하기 위해 위험한 도전을 했다. 사각 판넬 안쪽에서 겨우겨우 발판을 딛고 올라가 아래에서 올려주는 헬륨풍선을 건네받아 가운데에 고정하는 작업을 했다. 한번에 날아가 버릴까 봐 묶고 또 묶는 작업이 반복되었다.

헬륨풍선이 떠 있는 시간이 한정되어 있기에 행사 시작 2시간 전부터 작업이 시작되었는데, 실수로라도 풍선을 놓친다면 큰일이었다.

예전 일이다. 1시간 30분 거리의 행사장에 막 도착했을 때 사무실에서 미리 불어 간 헬륨풍선을 스텝이 그만 손에서 놓쳐 하늘로 멀리멀리 날려버린 일이 있었다.

헬륨풍선 작업을 할 때면 그때 일이 생각나서 더욱 조심스럽다.

실내 스타일링

"웅장하고 럭셔리한 스타일을 원해요."
"손님이 입장했을 때 현장이 반짝반짝 빛났으면 좋겠어요."
"꽃잎이 하늘에서 떨어지는 느낌이었으면 좋겠어요."

담당자가 보내온 사진 한 장을 보며 최대한 비슷한 느낌을 살려 구상을 해본다. 현장에 가서 실측한 뒤 어떤 재료가 어울릴지, 금액은 어느 정도 들지, 시간은 어느 정도 걸릴지 계산해 봐야 한다.

이번 행사 콘셉트는 '꽃잎이 흩날리는 봄'이다. 꽃잎이 하늘에서 눈처럼 떨어지는 느낌을 재현하기 위해 눈에 잘 보이지 않는 투명 낚싯줄에 꽃잎을 하나하나 붙여 연결하는 작업을 선택했다.

현장은 롯데월드타워 123층에 있는 레스토랑이었다. 천장높

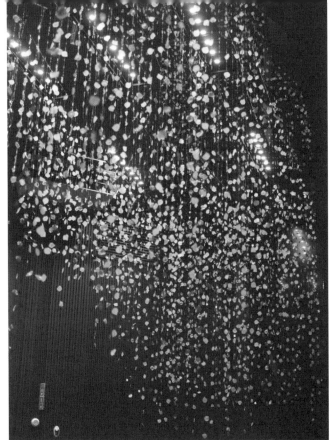

롯데월드타워 꽃잎가랜드 스타일링.

시그니처쿠킹쇼 스타일링.

이는 10m가 넘어갔고, 가로 폭도 10m 이상이었다. 사다리로는 감당할 수 없는 높이였다. 다행히 천장에서 리모컨으로 조정할 수 있는 4개의 기둥이 있었다.

몇 개의 가랜드를 만들어야 우리가 상상하는 그 느낌이 나올까?

3m 100줄, 2m 100줄, 1.5m 100줄, 1m 100줄 정도의 양이 계산되었다. 하나를 샘플로 만들어 보면서 완성되는 시간을 계산해 보니 7명이 꼬박 이틀을 만들어야 끝낼 수 있는 양이었다. 낚싯줄에 붙여 만든 거라 현장에서 꺼냈을 때 서로 엉키면 안 되기에 하나하나 opp 봉투에 따로 담아 보관해야 했다.

현장에 도착해 4개의 기둥을 내려 철사 낚싯줄로 단단하게 연결을 했다. 그리고 각 기둥 부분에 만들어온 가랜드를 한 개씩 달기 시작했다. 리모컨으로 계속 조정해보면서 높이와 간격을

가랜드.

확인하면서 말이다. 공간이 워낙 고급스럽고 예뻤기에 만들어 온 골드색상의 꽃잎 모양과 반사되는 원형 모양, 화이트 꽃잎 모양 3종류 모두 햇살에 반사되어 반짝반짝 빛이 났다. 생각했 던 것보다 훨씬 더 웅장한 느낌이 연출되었다.

철사 낚싯줄이 평평하게 유지해줄 거라고 생각했는데, 가랜 드의 무게에 못 이겨 가운데 부분이 들쑥날쑥 내려오면서 의도 치 않은 부조화가 오히려 더 자연스러운 효과가 났다.

행사는 해가 지고 난 뒤의 저녁 무렵이라 철수시간 또한 9시가 넘어갔다. 나는 다른 행사가 있어 철수현장에 가보지 못했지만, 햇빛이 없는 그 공간은 조명이 비추어져 더 예뻤다고 한다. 철거하려니 아까워 현장 담당자분도 그대로 놔뒀으면 하셨는데, 원래의 공간 콘셉트가 있기에 아쉬움을 뒤로하고 철수를 했다.

철수할 때는 제한된 시간 안에 해야 했기에 하나하나 가랜드를 opp봉투에 다시 담을 수는 없어 커다란 쓰레기봉투에 모두 담아왔다. 낚싯줄이 서로 엉켜 안타깝게도 다시 사용할 수는 없다!

시그니처키친스위트 논현쇼룸에서 쿠킹쇼가 있었다. 총 2회에 걸쳐 2가지 버전의 스타일링을 진행했는데, 1회 때는 우드와 그레이가 어우러진 모던하고 시크한 느낌의 공간에 어울리게 골드블랙 콘셉트로 스타일링을 진행했다.

2회 때는 파릇파릇한 플라워 세팅과 어울리는 내추럴우드 콘셉트가 포인트!

이번 행사도 사무실 소품들이 거의 다 그대로 옮겨질 정도로 많은 양의 짐들이 이동했다.

할로윈 스타일링

히어로 콘셉트의 할로윈 파티!

배트맨, 슈퍼맨 복장을 하고 아이들이 나타났다. 이번 할로윈 콘셉트는 히어로였다. 할로윈 시즌이 다가올수록 할로윈 소품들은 구하기가 힘들기에 미리 사다 놓은 게 많다. 미리 구해놓은 해골과 호박들은 케이터링 행사 때도 유용하게 잘 사용했다.

이번 행사는 할로윈의 대표 색상인 주황색을 바탕으로 배트맨과 슈퍼맨이 연상되는 빨강, 노랑, 파란색을 접목해서 스타일링 되었다. 원하는 콘셉트의 소품들을 주문하려면 외국에서 배송받아야 하는데, 배송기간이 너무 길어 구할 수 없었다. 직접

구립서초유스센터 할로윈 스타일링.

디자인해서 인쇄소에 출력을 맡겨 폼보드에 양면테이프로 부착해서 만든 히어로 배경과 캐릭터 풍선, 그리고 가랜드!

캐릭터 풍선은 풍선에 헬륨가스를 넣은 뒤, 시트지에 출력한 캐릭터 모양을 부착하면 완성이다.

케이터링 행사에 활용되는 소품들.

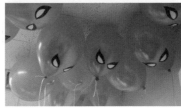

크리스마스 스타일링

반얀트리 클럽 앤 스파서울 크리스마스 파티.

이번 행사는 레드 컬러! 크리스마스 느낌이 가득 풍기는 냅킨링과 타임테이블, 테이블마다 세팅된 플라워, 의자에 부착된 빨간 대형 리본까지 모두 수작업으로 진행되었다.

크리스마스 행사 사진.

리본은 컬러와 원하는 사이즈를 찾기 위해 고속버스터미널 상가에서 수십 개를 사다가 직접 만들어 본 뒤 제안된 리본이다. 수입제품들이라서 필요한 수량이 없는 경우도 많기에, 미리 양을 계산 후 재고파악까지 한 뒤 제안을 넣었다.

행사가 끝난 뒤, 보관을 잘한 덕분에 다음 해에 진행된 뮤직 어워드 행사 때 다시 사용을 할 수 있었다. 보관할 때 발생한 구김은 헤어 매직기로 펴면 감쪽같이 잘 펴진다.

포토존

많은 사람의 사랑을 받고 있는 스타벅스!

스타벅스와는 여러 번 행사를 했다.

프라푸치노 블랙티 런칭행사, 크리스마스행사, 그리고 프라

푸치노 차이티 런칭행사 때 포토존 스타일링.

스타벅스와 주황색의 조합이 이렇게 멋질 줄이야!

의자 종류, 색상, 쉬폰커튼, 허니컴볼 색상과 위치 등 사무실

에서 수십 번 세팅해보고 제안한 뒤 이루어진 스타일링이다.

포토존에 앉아 기념촬영 한 컷!

스타벅스 행사사진.

삼성생명 포토존 (첫 포토존).

삼성화재 포토존!

돌파티에서는 포토존을 많이 했지만, 기업파티에서는 첫 포토존이다.

첫 포토존 이후 행사장 규모에 따라 작게는 1,500mm부터 크게는 12m까지 다양한 포토존을 기업파티에서 연출했다.

VT포토존.

자작나무를 지지대로 활용한 포토존이다. 자연스러운 느낌을 살리고자 일반 포토존 지지대를 사용하지 않고 자작나무를 활용했다.

오픈식 케이터링

키즈파티 케이터링

서울에 본사를 설립하고 나서는 돌파티는 하지 않았다. 주 고객이 기업이다 보니 브랜드 런칭행사, 브랜드 VIP 초청행사 등 대부분 기업과 관련된 대규모 행사들이었다.

본사를 설립하고 나서 그해 10월, 초등학교 1학년에 입학한 아들의 생일파티가 있었다. 한 달에 한번 그달에 태어난 아이들 이 한꺼번에 같이하는 단체 생일파티였다. 파티 사업을 하다 보 니 그냥 지나칠 수 없어 케이터링과 스타일링을 맡아 하게 되었 는데, 아들 생일파티를 한다고 다른 행사를 받지 말라고 할 수는 없었다.

행사당일 오전에는 기아자동차 케이터링, 중간에 아들 생일 파티, 그리고 오후에는 한양대학교 칵테일 파티가 예약되어 있

었다. 모든 게 순조롭게 지나갔으면 좋으련만, 예기치 않은 일이 발생했다.

아파트 상가 4층에 있는 체육관을 빌려 했는데, 주말이라 그런지 엘리베이터 이용객이 많아서 짐을 이동하는 데 시간이 너무 많이 걸려서 짐도 제대로 다 못 옮겼다. 다들 도착하기 전에 세팅이 마무리되어야 했는데, 그 당시를 생각하면 참 속상하다. 시간만큼은 절대 늦지 않게 몇 년째 해온 행사들인데, 처음으로 하는 아들 생일파티에 이런 일이 발생하다니!

홈파티 케이터링

홈파티 케이터링!

가족과 가까운 지인분들과 함께한 소규모 홈파티에 샴페인과 어울리는 케이터링 음식을 준비했다. 야외테라스가 주방과 연결되어 있어 생화 장식이 더욱 어우러졌는데, 직접 운영하시는 피규어까지 같이 세팅해 놓고 나니 고객에게는 더욱 의미가 더해진 거 같다.

숲이 우거진 곳에 있는 이곳은 1~2층으로 된 빌라 형태의 집이었다. 1층으로 가기 위해서는 엄청난 돌계단을 내려가야 했다. 다행히 현장에 계시는 분들께서 짐을 옮기는 데 도와주셔서 10번 오르락내리락해야 했던 짐 이동을 1~2회에 끝낼 수 있었

다. 엘리베이터가 없는 건물 4층에 있는 행사장에서 행사한 적이 있었는데, 20박스가 넘는 짐들을 들고 계단으로 이동했던 때를 생각하면 아주 가뿐한 정도다.

전시회 오픈 케이터링

아트페어 오픈식!

대표 컬러는 '노랑', 화훼시장에 도착하면 몇 바퀴를 돌면서 구상을 한다. 미리 구상해온 콘셉트와 매치시키면서 어떤 콘셉트로 세팅을 해야 할지 생각한다.

매일 나오는 꽃들이 다르고 소품들도 다르기에 구상해온 콘셉트와 비슷하게는 가지만, 같을 수는 없기에 현장에 있는 소품들로 재구상이 된다.

노란 색상의 꽃과 화병을 채울 노란 리본, 그리고 멋지게 구부러져 있는 나뭇가지에 달릴 노란 방울, 노란 장미꽃잎까지, 조화보다는 생화로 진행되는 스타일링은 매번 새로운 콘셉트가 탄생한다.

서예전시회 오픈식 케이터링.

2011년 아트페어전시회 케이터링.

미디어아트 2012 개막식

아크릴 5단 트레이를 제작하기 위해서 크기부터 디자인, 그리고 이동할 때 깨지지 않도록 분리계획까지 세워 아크릴 제작업체에 의뢰했다.

중간 받침들은 회전할 수 있는 기능까지 넣어 제작비가 좀 들어갔다. 콘셉트에 따라 5단, 3단, 2단 등 원하는 크기에 맞춰서도 세팅할 수 있었다.

1~2회 행사 후, 포트폴리오에 올려놓으니 행사 때 원하는 고

객들이 많아졌다. 무게가 있어 한 번씩 이동할 때 가볍게 들고 나가기에는 힘이 들어 렌탈료를 책정해놨는데, 5년 동안 정말 많은 행사에 도움을 줬다. 투자한 제작비보다 몇십 배의 이익을 가져다준 셈이다. 아크릴을 잘못 관리하면 금방 흠집이 나는데, 이동할 때마다 잘 포장한 덕분에 5년이나 사용했으니 정말 제 몫을 톡톡히 한 셈이다.

관공서 행사 케이터링

구내식당의 변신!

음식을 가지러 가기 위해 이동해야 하는 번거로움을 줄이기 위해 테이블 위에 세팅된 현장이다. 젓가락에 하나하나 라벨 작업, 직접 구해온 나뭇가지를 잘 다듬어 만든 젓가락 받침대. 녹차로 유명한 보성군에서의 행사였기에 차 또한 보성녹차밭에서 직접 공수해왔다.

건배 제의 후 바로 앞에 놓인 음식을 여유롭게 드신 후 행사가 마무리될 수 있게끔 관공서에서 하는 행사 대부분은 사진과 비슷한 콘셉트로 진행되었다.

보성군의회 개원식 케이터링.

브랜드 케이터링

브랜드 케이터링에서는 아이싱쿠키, 캐릭터머핀컵, 이니셜 백설기, 슈가케이크, 로고 마카롱 등 기업 로고와 이미지를 활용해서 만들 수 있는 게 다양하다.

브랜드 로고를 활용한 로고 꼬치를 이용해서 음식에 예쁘게 꽂아주거나, 인쇄물을 이용해 매번 행사 때마다 다양하게 스타일링을 하고 있다.

비슷한 음식 같지만, 브랜드 로고와 컬러 때문에 매번 다른 느낌을 가져다준다.

Recipe

어썸파티 인기 메뉴
레시피 21개

Awesome Party

미니대만샌드위치

재료

식빵 4장
슬라이스햄 1장
슬라이스치즈 1장
달걀 1개
마요네즈 2큰술
연유/버터(1:1)

Recipe

1. 식빵 위에 마요네즈를 얇게 펴 바른다.
2. 프라이팬에 달걀지단을 얇게 펴 만든 후 식빵 크기로 자른다.
3. 식빵을 위에 덮은 뒤 연유와 버터를 섞어 펴 바른다.
4. 3 위에 슬라이스햄과 슬라이스치즈를 겹쳐 올린다.
5. 4 위에 식빵을 덮고 연유와 버터를 섞어 펴 바른다.
6. 달걀지단을 올린 뒤 마요네즈를 바른 식빵을 덮는다.
7. 식빵 가장자리 4면을 칼로 자른 뒤 4등분한다.
8. 완성된 샌드위치는 머핀깔지 위에 올리거나 꼬치를 꽂아준다.

식빵(마요네즈)–달걀지단 – 식빵(연유/버터)–슬라이스햄/슬라이스치즈 – 식빵(연유/
버터)–달걀지단–(마요네즈)식빵.

닭가슴살샌드위치

재료

식빵 2장
마요네즈 1큰술
머스터드 1큰술
피클 4pcs
토마토 4분의 1개
닭가슴살 1조각
양상추
레몬 1/4개 또는 레몬즙
소금, 후추, 파슬리가루 약간

Recipe

1. 양상추는 깨끗이 씻어 키친타월에 올려 물기를 뺀다.

2. 슬라이스된 피클을 사서 물기를 제거한다.

3. 토마토는 원형으로 0.5~0.8cm 두께로 잘라서 키친타월로 물기를 없앤다.

4. 닭가슴살은 흐르는 물에 헹궈서 잠길 정도의 물에 레몬즙을 넣고 15분 정도 삶아
   체에 밭쳐 물기를 뺀 뒤 깍두기 크기로 자른다.

5. 올리브유를 두른 프라이팬을 달군 뒤 4의 닭가슴살을 넣고 후추와 소금으로 간을
   하고 나서 파슬리를 뿌려 앞뒤로 노릇하게 굽는다.

6. 식빵 위에 마요네즈를 바른다.

7. 식빵(마요네즈)-양상추 4~5겹-닭가슴살-토마토-슬라이스피클-머스터드(식빵)
   순서대로 올린다.

8. 유산지로 선물상자 포장하는 방법처럼 포장한 뒤 칼로 반을 자른다.

* 포장한 샌드위치는 바로 자르는 게 좋다. 시간이 지나면 유산지가 눅눅해져
유산지가 잘 찢어진다.

단호박에그오픈샌드위치

재료

통밀빵
단호박 1/2개
삶은 달걀 1개
베이컨 2줄

단호박샐러드(생크림 1큰술, 버터 1/2 큰술,
마요네즈 2큰술, 올리고당 1큰술, 파슬리가루
약간.)

`Recipe`

1. 깨끗이 씻은 단호박은 전자레인지에 3분간 돌려준다.
2. 단호박을 반으로 자른 뒤 숟가락으로 씨를 파내고 나서 찜기에 들어갈 크기만큼
   슬라이스 해준다. 크기에 따라 10분~15분 정도 찐 뒤 약 3분 정도 뜸을 들인다.
3. 껍질은 칼로 제거한 뒤, 단호박에 버터를 넣고 녹여준 후에 마요네즈 2큰술, 생크림
   1큰술, 올리고당 1큰술을 넣고 섞어 단호박샐러드를 만든다
4. 베이컨은 2줄을 잘게 잘라 프라이팬에서 기름 없이 바싹하게 볶아낸 다음,
   키친타월을 이용해 기름기를 제거한다.
5. 냄비에 달걀을 넣고 달걀이 잠길 정도의 물을 넣은 다음 소금 약간과 식초
   한 방울을 넣고 15분간 삶는다. 찬물에 넣고 식힌 뒤 껍질을 벗겨준다.
6. 삶은 달걀은 얇게 원형으로 슬라이스한다.
7. 호밀빵에 단호박샐러드를 두툼하게 펴 바른다.
8. 7 위에 슬라이스 달걀을 겹쳐 올린 뒤 베이컨과 파슬리가루를 뿌린다.

돼지불고기치아바타샌드위치

재료

치아바타빵
상추 1장
마요네즈 1큰술
슬라이스피클 3조각
돼지불고기 50g
양파 1/10개

돼지불고기 500g 기준 양념 (간배 1/2컵,
간마늘 1큰술, 생강가루 1/10큰술, 맛술 2.5
큰술, 진간장 2.5큰술, 황설탕 1.5큰술, 참기름
1.5큰술, 후춧가루 약간.)

Recipe

1. 상추는 깨끗이 씻어 키친타월에 올려 물기를 뺀다.
2. 슬라이스가 된 피클을 사서 물기를 제거한다.
3. 치아바타 빵 양옆 부분을 조금 잘라낸 뒤 가로로 반으로 자른다.
4. 간장 돼지불고기를 프라이팬에 볶는다.
5. 양파를 얇게 채썬다.
6. 2를 볶고 남은 소스에 채를 썬 양파를 넣고 볶는다.
7. 치아바타빵 위에 마요네즈를 펴 바른다.
8. 치아바타빵 – 마요네즈 – 상추–불고기–양파–피클–치아바타빵 순서대로 올린다.

바질쉬림프오픈샌드위치

재료 ────────────

통밀빵
바질페스토
칵테일새우 2마리
어린잎
슬라이스올리브
발사믹글레이즈

바질페스토(바질잎 20장, 잣 2작은술,
파르메산치즈가루 2큰술, 올리브오일 3큰술,
소금 조금.)

Recipe ────────────────────────

1. 칵테일새우는 레몬즙을 넣고 삶는다.
2. 삶은 새우는 달군 프라이팬에 올리브유를 두른 뒤 소금과 파슬리를 넣고 노릇하게
   굽는다.
3. 통밀빵 위에 바질페스토를 얇게 펴 바른다.
4. 통밀빵–바질페스토–칵테일새우–어린잎–슬라이스올리브 순서대로 올린 뒤,
   발사믹글레이즈를 지그재그로 뿌려준다.

닭가슴살샐러드

재료

양상추
어린잎
닭가슴살 1조각
레몬즙
아몬드슬라이스
방울토마토
미니당근

레몬드레싱(다진마늘 1/2큰술, 다진양파
4큰술, 레몬즙 2큰술, 올리브유 4큰술,
올리고당1/2큰술, 소금, 후추 약간, 씨겨자 약간.)

발사믹드레싱(발사믹식초 4큰술, 올리브오일
4큰술, 설탕 1큰술, 레몬즙 약간, 소금/후추 약간.)

Recipe

1. 양상추와 어린잎은 깨끗이 씻어 키친타월로 물기를 제거한다.
2. 닭가슴살은 흐르는 물에 헹궈서 잠길 정도의 물에 레몬즙을 넣고 15분 정도 삶아
   체에 밭쳐 물기를 뺀 뒤 손으로 잘게 찢는다.
3. 올리브유를 두른 달군 프라이팬에 2의 닭가슴살을 넣고 후추와 소금으로 간을 한
   뒤, 파슬리를 뿌려 노릇하게 볶는다.
4. 방울토마토는 반으로 자른다.
5. 미니당근은 껍질을 벗긴 후 깨끗이 씻은 후 끓는 물에 당근을 넣고 7분 정도
   삶는다. 삶은 당근은 체에 밭쳐 물기를 제거한다.
6. 양상추를 깐 뒤 닭가슴살-미니당근과 방울토마토 위에 어린잎을 올린다. 아몬드슬
   라이스를 뿌려준다.
7. 먹기 직전, 레몬드레싱을 뿌려준다.

리코타치즈샐러드

재료

우유
소금
생크림 4큰술 또는 플레인요거트
레몬즙
양상추
어린잎
견과류(땅콩가루, 아몬드슬라이스, 건포도)
방울토마토

유자드레싱(유자청 2큰술, 물 2큰술, 식초
3큰술, 설탕/소금 1작은술)

Recipe

1. 양상추와 어린잎은 깨끗이 씻어 키친타월로 물기를 제거한다.
2. 리코타치즈는 바닥이 두꺼운 냄비에 우유와 생크림을 넣고 약한 불에서 끓인다.
3. 소금을 넣고 살짝만 저어준 뒤 서서히 끓기 시작하면 레몬즙을 조금씩 넣어준다
   (6큰술).
4. 순두부처럼 뭉치기 시작하면서 우유색이 투명해지면 불을 끈다.
5. 다시다 국물팩에 걸러 식혀준다.
6. 방울토마토는 반으로 자른다.
7. 양상추를 깐 뒤 식은 리코타치즈를 한 숟가락씩 떠서 올린다.
8. 방울토마토 위에 어린잎을 올린 뒤 땅콩가루, 아몬드슬라이스, 건포도를 뿌려준다.
9. 먹기 직전 유자드레싱을 뿌려준다.

모듬견과류샐러드

재료

양상추
어린잎
모듬견과류(땅콩, 아몬드, 호두, 건포도)
방울토마토

발사믹드레싱(발사믹식초 4큰술, 올리브오일
4큰술, 설탕 1큰술, 레몬즙 1작은술, 소금/후추
조금)

크림마요네즈드레싱(마요네즈 2큰술, 생크림
1큰술, 레몬즙 1작은술, 설탕 1/4작은술,
파슬리가루/소금/후추 조금.)

Recipe

1. 양상추와 어린잎은 깨끗이 씻어 키친타월로 물기를 제거한다.

2. 방울토마토는 반으로 자른다

3. 양상추를 깐 뒤, 모듬견과류를 올려준다.
   방울토마토 위에 어린잎을 올린다.

4. 먹기 직전 발사믹드레싱 또는 크림마요네즈드레싱을 뿌려준다.

훈제오리샐러드

재료

훈제오리슬라이스
양상추
어린잎
방울토마토
파프리카

갈릭머스터드드레싱(디종머스터드 1/2큰술,
꿀 1큰술, 올리브오일 3큰술, 식초 2큰술,
다진 마늘 1작은술, 소금, 후춧가루 조금.)

Recipe

1. 양상추와 어린잎은 깨끗이 씻어 키친타월로 물기를 제거한다.
2. 슬라이스된 훈제오리를 프라이팬에 바싹 구워낸 뒤 기름을 완전히 제거한다.
3. 방울토마토는 반으로 자른다.
4. 파프리카는 흐르는 물에 씻은 뒤 반을 잘라 씨를 없애고 굵게 채를 썬다.
5. 양상추를 깐 뒤, 한 김 식힌 훈제오리를 올려준다.
6. 방울토마토와 파프리카를 올린 뒤 어린잎을 올려준다.
7. 먹기 직전 갈릭머스터드드레싱을 뿌려준다.
   (시중에 파는 머스터드드레싱에 다진 마늘 1작은술 섞어줘도 좋다.)

카프레제스큐어

재료 ——————————————————

방울토마토
보코치니치즈
상추
슬라이스 블랙올리브

`Recipe` ——————————————————

1. 방울토마토는 깨끗이 씻은 후 꼭지를 제거한다.
2. 보코치니치즈는 식자재마트 또는 코스트코에서 냉동으로 살 수 있다.
3. 냉동고에 보관한 뒤 필요한 만큼 꺼내 해동 후 사용한다.
4. 상추는 깨끗하게 씻은 뒤 키친타올을 이용해 물기를 제거한다.
5. 슬라이스올리브–상추–방울토마토–보코치니치즈 순서대로 꼬치에 꽂는다.

치즈그릴새우스큐어

재료

칵테일새우
콜비잭치즈
상추
블랙올리브

Recipe

1. 크기가 큰 칵테일새우를 흐르는 물에 씻는다.
2. 냄비에 잠길 정도로 담근 뒤 붉은빛이 돌 때까지 삶는다.
3. 올리브유를 두른 프라이팬에 소금과 파슬리가루를 뿌린 뒤 노릇하게 앞뒤로
   굽는다.
4. 콜비잭치즈는 한입에 먹기 좋은 크기로 자른다. 1.5cm 정도(너무 얇게 자르면
   꼬치에 꽂을 때 갈라질 수 있다.)
5. 상추는 깨끗하게 씻은 뒤 키친타올을 이용해 물기를 제거한다.
6. 슬라이스올리브-상추-그릴새우-치즈 순서대로 꼬치에 꽂는다.

햄에그치즈스큐어

재료 ───────────────

슬라이스햄 3등분
메추리알
스트링치즈 6등분
상추
슬라이스블랙올리브

Recipe ─────────────────────

1. 상추는 깨끗하게 씻은 뒤 키친타올을 이용해 물기를 제거한다.
2. 슬라이스햄은 3등분으로 잘라준다.
3. 스트링치즈는 6등분으로 잘라준다.
4. 올리브–상추–스트링치즈–햄–메추리알 순서대로 꽂아준다.
   *햄은 S자로 꽂아준다.

토마토큐브치즈카나페

재료 ————————————

바게트
살사소스
큐브치즈
방울토마토
어린잎
파슬리가루 약간

바게트 소스(버터 1큰술, 올리브유 1큰술,
다진 마늘 1작은술, 파슬리 1작은술)

Recipe ————————————————————————

1. 바게트는 어슷하게 빵칼로 자른다.
2. 바게트에 바게트소스를 얇게 펴 바른다.
3. 160도로 10분간 예열한 뒤 오븐에 넣고 10분간 굽는다.
4. 방울토마토는 깨끗이 씻어 반으로 자른다.
5. 어린잎은 깨끗이 씻어 키친타올을 이용해 물기를 제거한다.
6. 바삭하게 식은 바게트 위에 살사소스를 얇게 펴 바른다.
7. 방울토마토와 큐브치즈를 올린 뒤 어린잎과 파슬리를 뿌려 장식한다.

참치부르스게타

재료

바게트
참치
파프리카
양파
마요네즈
어린잎

Recipe

1. 바게트는 어슷하게 빵칼로 자른다.
2. 바게트에 바게트소스를 얇게 펴 바른다.
3. 160도로 10분간 예열한 뒤 오븐에 넣고 10분간 굽는다.
4. 파프리카와 양파를 잘게 다진 뒤, 기름을 뺀 참치에 마요네즈와 섞어준다(1:1:1).
5. 바삭하게 식은 바게트 위에 4의 재료를 올려준다.
6. 파슬리가루를 뿌리고 어린잎으로 장식한다.

토마토에그카나페

재료

브라운빵
방울토마토
딸기잼

달걀샐러드(삶은 달걀 1개, 올리고당 1작은술,
머스터드 1큰술, 소금 약간.)

Recipe

1. 시중에서 브레드빵을 구입한다. 브레드빵이 없다면 식빵으로도 할 수 있다.
2. 빵칼로 어슷하게 자른다.
3. 달걀은 15분 동안 삶은 뒤, 비닐장갑을 낀 채 으깨고 부수어서 소금으로 간을 한
   다음에 머스터드와 올리고당에 섞는다.
4. 빵 위에 딸기잼을 바른 뒤, 달걀샐러드를 올린다.
5. 방울토마토는 1/4등분한다.
6. 방울토마토와 어린잎을 올려 장식한다.

포테이토베이컨부르스게타

재료

브라운빵
베이컨 2장
파슬리가루 약간

감자샐러드(삶은감자 1개, 양파 1/10개,
크래미 3줄, 마요네즈 2큰술, 허니머스터드
1큰술, 설탕 2작은술, 레몹즙 1작은술, 소금
약간.)

Recipe

1. 시중에서 브레드빵을 구입한다. 브레드빵이 없다면 식빵으로도 할 수 있다.
2. 빵칼로 어슷하게 자른다.
3. 감자는 흐르는 물에 씻은 뒤 냄비에 잠길 정도의 물을 넣고 소금을 약간 넣은 후
   끓인다.
   뚜껑을 열고 센 불에서 끓여 끓어오르면 뚜껑을 덮고 중간불에서 25분간 삶는다.
4. 양파와 크래미를 잘게 다진 뒤, 식은 감자에 샐러드소스를 넣고 섞는다.
5. 베이컨은 2줄을 잘게 잘라 프라이팬에서 기름 없이 바싹하게 볶아낸 다음,
   키친타월을 이용해 기름기를 제거한다.
6. 브라운빵 위에 감자샐러드를 두툼하게 올린다.
7. 베이컨과 파슬리가루를 올려 장식한다.

멜론프로슈토

재료 ————————————————

멜론
베이컨 또는 프로슈토햄

Recipe ————————————————

1. 멜론은 흐르는 물에 씻은 뒤 양 끝을 자른다.
2. 반으로 자른 뒤 12등분을 한다.
3. 씨 부분을 숟가락으로 제거한 뒤 껍질을 따라 칼로 자른다.
4. 한입 크기로 7~8 등분한다.
5. 프로슈토햄을 멜론 위에 올린 뒤 꼬치를 꽂아 장식한다.
   (프로슈토햄 대신 구운 베이컨을 올려도 좋다.)

참치주먹밥

재료 ————————————

참치
마요네즈
공기
후리가케

Recipe ————————————

1. 밥 한 공기에 소금과 참기름을 넣어 간을 한다.
2. 참치캔은 기름을 뺀 뒤, 마요네즈에 버무린다.
3. 비닐장갑을 낀 손바닥에 밥 1/8공기를 얇게 편 뒤, 손바닥을 오므린다.
4. 버무린 참치 1/2큰술을 넣는다.
5. 밥 1/8공기를 참치 위에 덮는다.
6. 후리가케를 두 손으로 동그랗게 말면서 바른다.

매콤참치컵밥

재료 ────────────

밥 2/3공기
고추참치캔 50g
양파 1/10개
양배추 50g
굴소스
어린잎
마요네즈

Recipe ────────────────────

1. 양파는 얇게 채를 썬다.

2. 양배추는 2cm 크기로 자른다.

3. 양파, 양배추를 먼저 볶은 후 고추참치와 굴소스를 넣고 함께 볶는다.

4. 밥 2/3공기 위에 볶은 고추참치를 올린다.

5. 마요네즈를 물결 모양으로 짜준다.

6. 어린잎을 올려 장식한다.

콜드샐러드파스타

재료

파스타(펜네, 파스타)
어린잎
방울토마토
슬라이스올리브
스위트콘
파프리카
스위트칠리소스
발사믹드레싱

Recipe

1. 끓는 물에 올리브유와 소금을 넣고 펜네와 푸실리를 10~12분간 삶은 뒤, 찬물에 헹궈 물기를 뺀다.
2. 방울토마토는 반으로 자른다.
3. 파프리카는 방울토마토와 비슷하게 사각 크기로 자른다.
4. 발사믹드레싱과 스위트칠리소스를 섞는다(3:1).
5. 삶은 파스타, 올리브슬라이스, 방울토마토, 스위트콘, 파프리카를 넣고 소스와 섞어준다.
6. 어린잎을 올려 장식한다.

화분티라미스

Recipe ─────────────────────────

1. 카스테라를 비닐봉투에 담고 잘게 으깬 후, 용기에 2/5 정도 빵을 눌러 담는다.
2. 커피 원액 작은 1스푼, 생크림 작은 1스푼을 올린다.
3. 휘핑크림-카스테라-휘핑크림 순서대로 한 번 더 쌓아준다.
4. 오레오는 잘게 부순 뒤 윗부분을 덮어준 다음 석기시대와 꿈틀이를 올려준다.
5. 어린잎을 살짝 꽂아서 마무리한다.

위대한 일을 해내는 유일한 방법은
당신이 하는 그 일을 사랑하는 것이다.

– 스티브 잡스

어썸파티 Awesome Party

초 판 1쇄 인쇄 | 2021년 8월 2일
초 판 1쇄 발행 | 2021년 8월 10일

지은이 | 박승아
펴낸이 | 조선우
펴낸곳 | 책읽는귀족

등록 | 2012년 2월 17일 제396-2012-000041호
주소 | 경기도 고양시 일산서구 대산로 123, 현대프라자 342호
　　　(주엽동, K일산비즈니스센터)
전화 | 031-944-6907 팩스 | 031-944-6908

홈페이지 | www.noblewithbooks.com
E-mail | idea444@naver.com

출판 기획 | 조선우
책임 편집 | 조선우
표지 & 본문 디자인 | 공간42

값 15,800원
ISBN 979-11-90200-36-3 (03810)